LYDIE,

OU

LA CRÉOLE.

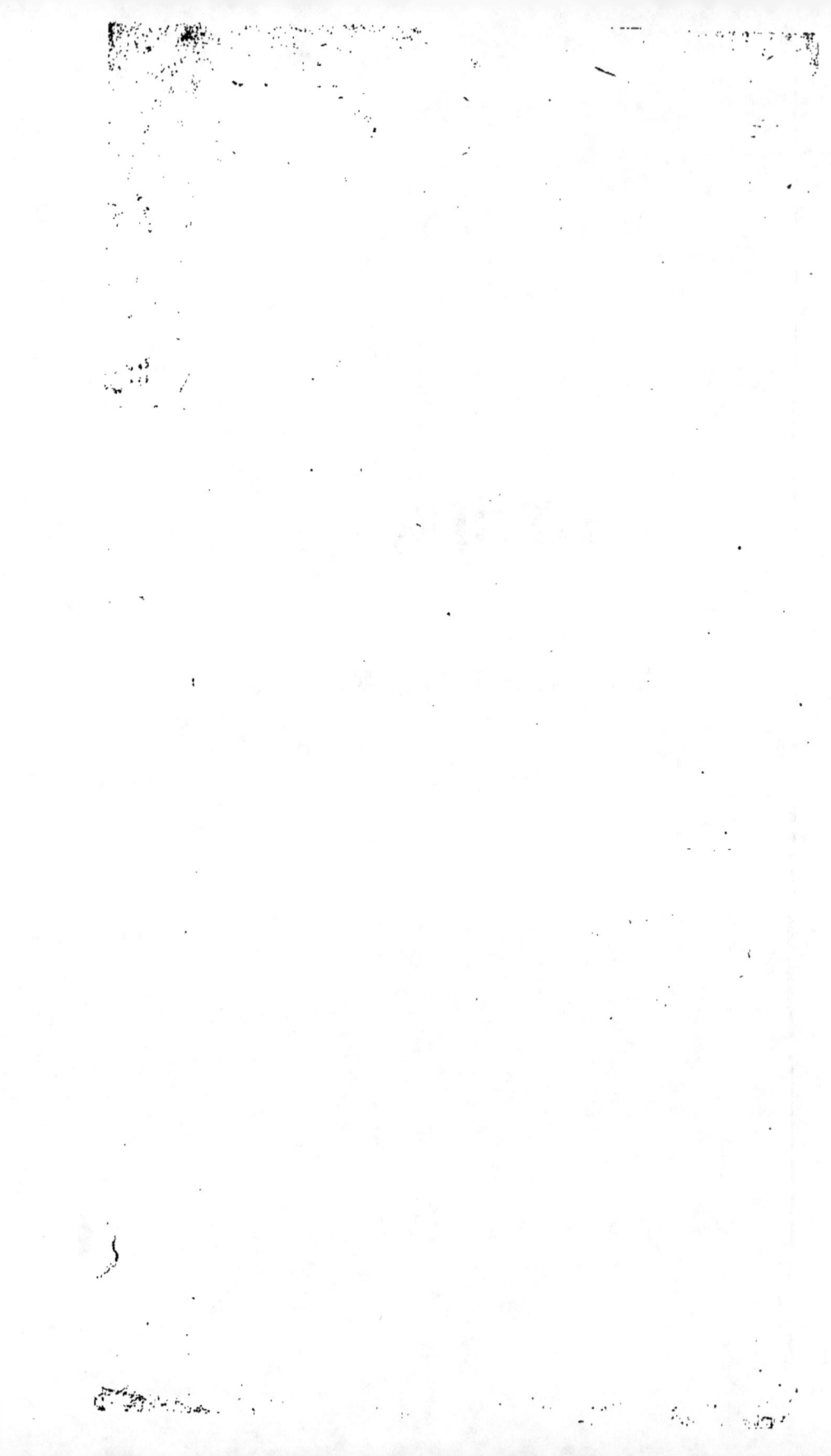

LYDIE,

OU

LA CRÉOLE.

PAR Madame ADÈLE DAMINOIS.

> N'est-il pas bien simple que les enfans du même père se traitent en frères entre eux.
>
> J. J. ROUSSEAU, *Nouv. Héloïse.*

TOME DEUXIÈME.

A PARIS,
CHEZ LETERRIER, LIBRAIRE,
RUE MONTORGUEIL, N°. 57.
1824.

LYDIE,

OU

LA CRÉOLE.

CHAPITRE X.

Astolfe occupait les appartemens de l'ancien intendant; une fortune indépendante le mettait à même de remplir cette place, de s'y rendré utile à son bienfaiteur, ou de vivre dans tout autre lieu de la terre. Une perspective flatteuse s'ouvrait devant lui ; mais il ne la mesurait pas ; les heures qui venaient de s'écouler étaient pour lui la vie entière........ Déjà le jour de son bonheur était écoulé, la nuit finissait aussi, et il avait vu naître le lendemain avant que le sommeil eût appesanti ses paupières. Il salua l'aurore naissante ; l'air du matin se parfumait ; les étoiles s'effaçant peu à peu du firmament, se recouvraient d'un voile de pourpre et d'azur ; les cieux, brillans et radieux, semblaient eux-mêmes se parer pour un jour de fête et vouloir célébrer le bonheur d'un mortel qui venait de rentrer, sur la terre, dans ses attributs et dans ses droits. Astolfe crut voir pour la première fois les beautés de la Nature ; il la contempla avec ravissement, et comme le premier homme il eût dit voilà mon domaine, si une pensée d'orgueil eût pu se mêler à sa joie... Je suis donc libre!... Tels furent les mots qui s'échappèrent de son sein oppressé de bonheur. Eh! que cette liberté m'est chère, puisqu'elle me permet de vivre près de tout ce que j'aime au monde!..... D'aujourd'hui je suis homme; j'ai reconquis cette existence dont mes semblables s'étaient rendus maîtres, et je n'en dois plus compte qu'à celui qui m'a créé!...... Vertu, bonheur, amour, oui, tout est à la disposition de l'homme libre; son dévouement n'est point attribué à la servilité, au devoir; il est reçu comme le tribut d'une âme tendre : sa résignation, son obéissance sont volontaires; il sent toute sa force, il voit sa destination dans ce monde d'un œil assuré et reconnaissant. Ah! il est trop vrai, l'avilissement laisse tous les sentimens imparfaits, et les pensées vraiment nobles n'habitent que dans une âme indépendante. Liberté précieuse! source de mérite et de félicité, je te rends hommage !........ Eh quoi! j'avais repoussé tes bienfaits; ah! je ne soupçonnais pas alors la moitié de tes douceurs !..... Homme, citoyen, je puis devenir l'égal par le cœur de tout être vertueux. Ainsi l'a dit une fois l'épouse bien-aimée de mon bienfaiteur. Chaste et douce Lydie! ange de bonté, tu marquas toi-même la borne de mes désirs, tu me montras le but où va tendre désormais ma vie; et lorsqu'elle s'éteindra, on pourra dire, Astolfe ne voulut s'élever que jusqu'à la vertu, dont il connut les plus parfaits modèles!

C'est de cette façon que le jeune affranchi exhalait ses sentimens, une situation nouvelle venait de donner quelqu'élan à son caractère. Comme la nature est muette et silencieuse dans les momens qui précèdent la tempête : ainsi les cœurs ardens paraissent d'abord de glace; et lorsqu'on les croit morts à force d'insensibilité, c'est alors que des torrens de feu détruisant ces dehors trompeurs, s'échappent d'eux-mêmes en mille manières; ils brûlent, ils entraînent.... Les passions qui prennent leur source dans une de ces âmes méconnues, sont terribles, dévorantes; ce sont d'elles dont on pourrait dire qu'elles ravagent le monde, ou le subjuguent.

Jusque-là Astolfe avait nourri une haine violente pour le premier auteur de ses maux, et l'on a vu comment la vue d'Aurélio, qui lui rappelait confusément cet être abhorré, avait produit en lui une impression dont il n'avait pas été maître, et que, depuis, il avait difficilement vaincue. Le long habit noir du prêtre, cette croix qu'il portait sur sa poitrine, le son de sa voix, avaient été pour Astolfe autant d'odieuses similitudes; mais il était loin de penser que l'oncle de Lydie, le vertueux Aurélio, fût le même que celui qu'avec raison il accusait de son malheur. S'il le fuyait, c'était par une impulsion involontaire; son aversion pour Henrico n'était pas plus motivée, et sa terreur près d'eux était un sentiment qu'il n'avait cessé de repousser en se le reprochant. La force de ses sensations présentes avait affaibli ce ressentiment intérieur, qui tenait plutôt de l'instinct que de la volonté, et il répétait avec enthousiasme : — Je suis libre et heureux; mon protecteur m'a pressé sur son cœur, la main de Lydie a reposé sur mes lèvres. O ravissement inexprimable ! moment qu'un siècle ne saurait effacer de ma mémoire, vous m'avez donné une autre âme....... il est permis aux infortunés de haïr.... moi! je ne puis plus qu'aimer....... et pardonner.....

Encore rempli de ces délicieuses idées, Astolfe sortit pour visiter les esclaves déjà rendus à leurs travaux; son cœur, qui avait connu la peine, n'avait point d'effort à faire pour se montrer humain et juste envers eux. Toutefois il avait un motif puissant de gagner la confiance de ces hommes dont il répondait, pour ainsi dire, depuis que M. de Saint-Yves l'avait chargé de surveiller ses intérêts et de diriger les entreprises importantes qu'il avait formées à Saint-Domingue.

Il était donc à la tête d'un nombre considérable de noirs : tous étaient dispersés dans les champs, où ils cultivaient et récoltaient tour-à-tour le maïs, le sucre, le tabac, etc., enfin toutes les productions du pays, dont M. de Saint-Yves faisait ensuite un commerce immense avec l'Europe.

Une partie de l'île appartenait à cette époque aux Espagnols, l'autre était aux Français. Les noirs, fatigués de la domination des uns et des autres, en avaient murmuré long-temps; l'esprit de révolte régnait parmi eux, et déjà Astolfe avait réussi à arrêter une sédition prête à éclater aux environs de l'habitation de M. de Saint-Yves. Ses esclaves n'y avaient encore pris aucune part, et cette circonstance avait rassuré le mulâtre; il ne crut point devoir porter l'alarme dans le sein de Lydie et de son époux, et ce mouvement une fois apaisé, il n'eut plus d'autres soins que de veiller à la sûreté de ses protecteurs, en cas qu'il ne vînt à se renouveler. Telle était la cause de sa conduite mystérieuse; mais, pour en avoir toute l'explication, il faut revenir un instant sur le passé.

Lorsqu'Astolfe eut connu l'horrible projet des noirs, qui ne tendait à rien moins qu'à détruire jusqu'au dernier des blancs à Saint-Domingue, et à s'emparer de leurs richesses, il combattit de tout son pouvoir une aussi cruelle résolution, et se mêlant avec eux, il tâchait de connaître leurs plans et de les en détourner. La crainte qu'il sut leur inspirer à propos, l'adresse avec laquelle il sut circonvenir les plus prudens d'entre eux, et plus encore la mort subite de celui qu'ils regardaient comme leur chef, arrêtèrent tout-à-coup ces hommes aussi superstitieux que barbares.

La révolte se trouva étouffée dès sa naissance : il en restait néanmoins des élémens propres à causer les plus vives inquiétudes; aussi le mulâtre ne manqua-t-il en cette occasion ni de prudence ni de zèle. Depuis ce fatal moment il n'exista plus pour lui ni repos ni sommeil ; et quand chacun goûtait à l'habitation la paix des nuits, il errait aux environs, de peur de trahison ou de surprise. Les peines qu'il avait prises pour conjurer cet orage, l'avaient retenu deux jours entiers loin du chevalier, qui alors n'avait que lui pour protéger et soutenir sa triste existence. Il essuya les reproches de Lydie ; les soupçons planèrent sur lui, et les apparences tendaient à l'accuser ; mais Astolfe avait résolu d'éloigner de son maître tout danger, et de lui épargner les douleurs de le craindre, d'autant que tout était rentré dans le calme. Son dessein d'ailleurs était de l'avertir si les mêmes troubles se renouvelaient de manière à compromettre ses biens et sa vie.

Cependant une circonstance rendait la position d'Astolfe difficile : les noirs, dont il avait le secret, lui avaient demandé de ne point le révéler, en lui promettant de leur côté d'épargner M. de Saint-Yves et sa famille, et de ne les point envelopper dans leur vengeance. Dans ce moment de terreur, craignant tout pour ceux qu'il aimait, le mulâtre avait promis seulement de se taire, si eux-mêmes abandonnaient leur dessein horrible. Mais déjà le chevalier de Valmire connaissait les agitations du pauvre esclave et ses sujets de tristesse. Avec l'atteinte du malheur il avait senti le besoin d'un conseil, d'un dépositaire de ses pensées, et lorsque le Chevalier devint l'ami de M. de Saint-Yves, il reçut avec bien plus d'intérêt encore les confidences d'Astolfe : tous deux se turent, plutôt par une prudence qu'ils jugèrent nécessaire, que par égard pour la promesse qui avait été arrachée à Astolfe. Unis d'un espoir et d'un désir communs, ils redoublèrent de vigilance auprès des maîtres de l'habitation.

M. de Saint-Yves voyait bien dans le passé des élémens de trouble pour l'avenir; mais il ne croyait pas le danger prochain : les colons, en général, pensaient avoir assez établi leur empire pour qu'on n'osât jamais le renverser; ils avaient donc encore plus de confiance que lui; et pour Lydie, elle vivait avec la douce sécurité qui appartient à ceux qui ne rêvent que le bonheur des autres.

L'intendant de M. de Saint-Yves fut dépossédé dans ces entrefaites : sans avoir pris part ouvertement à la sédition, il offrait un caractère dangereux, et pouvait entraîner les noirs qui étaient restés fidèles; les réflexions du chevalier sur la dureté avec laquelle il traitait les esclaves qui étaient sous sa dépendance, décidèrent M. de Saint-Yves à le renvoyer, et ce parti, peut-être impolitique, fut le fruit des précautions dont le chevalier entourait ses amis.

La même pensée, les mêmes soins rapprochaient l'exilé du nouvel administrateur : ils ne doutèrent pas que par ce moyen les esclaves ne restassent dans leur devoir. A l'époque où nous revenons, leurs premières alarmes avaient cessé, ils ne s'entretenaient plus que pour se féliciter du retour de la tranquillité.... Hélas! ce calme n'était qu'apparent, et la soumission des esclaves une feinte qui cachait une cruelle détermination; ce feu terrible que l'on croyait éteint, n'était qu'amorti, il n'attendait qu'un signal pour se rallumer.... il éclata tout-à-coup.

La fête donnée par M. de Saint-Yves fut un prétexte que les mécontens ne manquèrent pas de saisir. L'intendant dépossédé fit surtout retentir l'île de ses plaintes; il cria à l'injustice, et appuya sur la liberté qu'Astolfe avait obtenue, devant les esclaves envieux de la même faveur. Il sut exciter à la fois toutes les passions, et en tirer le parti qu'il souhaitait. Un chef manquait aux factieux, il s'établit le leur ; cette horde affamée de vengeance se rallia autour d'un homme aussi hardi qu'entreprenant.

Chacun des esclaves racontait les maux qu'il avait soufferts dans les champs des blancs, ou sous leurs bras armés des instrumens de punition et de mort. Ils calculaient jusqu'aux gouttes de sueur ou de sang qu'ils avaient versées pour les enrichir, et des cris de rage répondaient à cette récapitulation effrayante.

L'intendant, qui, quoique noir lui-même, s'était montré plus cruel envers ses semblables que les Européens, fut le premier à présenter un horrible tableau des souffrances endurées par les esclaves. C'étaient à ceux des habitations voisines qu'il s'adressait, car il n'eût point été écouté de ceux qu'il avait commandés si long-temps; ici, sa hardiesse et son audace flattaient trop les mécontens pour rester sans succès. Il les rassembla, et lorsqu'il crut le moment propice pour l'exécution de ses projets, il chercha à exalter leur courage en les haranguant en ces termes :

« Amis, leur dit-il, le jour du triomphe est arrivé pour nous, secouons le joug de la tyrannie, et ces chaînes qui depuis trop long-temps entravent nos libertés ; que nos épouses ne soupirent plus sur nos seins oppressés de larmes et de fatigues ; que nos enfans sourient à la vie, et ne soient point, à leur naissance, victimes d'une injuste oppression. Ne formons qu'une famille, et soyons unis pour la vengeance, comme nous le sommes par le malheur; apprenons à ces hommes qui se croyent puissans parce qu'ils osent tout, que nous pouvons aussi faire servir notre courage à notre bien-être, et employer contre eux ces forces dont ils abusent pour le leur.

« O vous! qui nés sur les rives de l'Afrique, avez connu l'indépendance des déserts, et vous, Américains, qui apprîtes à haïr en découvrant qu'il était un autre monde que celui de vos pères, chassez les usurpateurs de votre pays, sortez tous d'un indigne sommeil; que l'on apprenne votre victoire, que le bruit en retentisse d'un pôle à l'autre, et que vos familles attristées de votre perte, poussent un cri de joie en entendant raconter vos triomphes ! Nulle pitié pour ceux qui n'en eurent jamais pour nous : ils nous traitaient comme de vils animaux ; montrons-leur du moins que nous savons ressentir l'offense et frapper notre ennemi !.. Entendez-vous ? l'heure sonne, c'est celle de la vengeance ; maintenant il n'est plus de miséricorde. Dans un instant notre révolte sera connue. Déjà je vois rôder autour de nous des bourreaux avides de notre sang ; la potence, le bûcher s'élèvent... ils interprètent notre rassemblement et n'attendent qu'un signe de leurs maîtres pour nous en punir. Amis, compagnons d'infortune, implorez vos dieux et partons ! »

Tous alors s'écrièrent *ven-*

geance !! ce fut leur mot de ralliement : il se répéta au loin et fit frémir d'horreur ceux qui en entendirent l'affreux retentissement.

En même tems le noir furieux distribua à sa troupe des torches enflammées. Femmes, enfans, vieillards, tous sont armés par ses mains. Ce discours les a électrisés : ils en avaient impatiemment attendu la fin, et des hurlemens semblables à ceux des bêtes sauvages attestèrent qu'ils en avaient trop bien compris le sens effrayant. La nuit commençait à descendre sur l'île ; hélas ! elle devait couvrir de son ombre le massacre et la mort !

Un lieu seul avait été témoin de l'horrible conspiration ; mais les groupes qui s'en échappèrent en entraînèrent d'autres, et en un clin d'œil tous les esclaves répétèrent les mêmes imprécations, le même serment et volèrent au carnage. Les flambeaux agités éclairaient les têtes noires et hideuses, dont l'expression atroce glaçait d'horreur et d'effroi. Leurs membres demi-nus, leurs mouvemens désordonnés formaient un tableau impossible à décrire, et qui donnerait une idée de l'enfer s'il nous était permis de le comprendre.

CHAPITRE XI.

Que devint la timide Lydie en entendant ce tumulte épouvantable, en voyant cette multitude effrénée se précipiter vers sa demeure! Le sein de son époux fut son refuge; mais, grand dieu! il ne pouvait plus la protéger. Don Aurélio se présenta le premier aux coups des révoltés et tenta de calmer leur fureur par ces exhortations pacifiques qui la veille encore paraissaient respectées d'eux; mais ce fut en vain.

Le chevalier de Valmire, brave jusqu'à l'intrépidité, se mit en devoir également de défendre ses amis, et, à la tête des serviteurs de M. de Saint-Yves, il s'opposa tant qu'il put aux efforts des noirs pour pénétrer dans l'habitation.

Au premier mouvement, la garnison de Santa-Domingo avait été sous les armes et s'était opposée aux séditieux ; mais le nombre de ceux-ci semblait se multiplier à chaque minute et rendait la défense d'autant plus dangereuse qu'elle était insuffisante.

Henrico, qui n'était point dans le mystère de cet événement, malgré ses relations avec le chef des révoltés, vint annoncer que le carnage était général, que l'île était en feu, et que les noirs faisaient autant de victimes de leur cruauté. Il nomma celui qui s'était mis à leur tête, et le nom d'Astolfe pétrifia de surprise et d'indignation Lydie ainsi que son époux qui venaient de l'entendre. Don Aurélio saisit à l'instant l'intention de son confident, et en maudissant ce terrible soulèvement, il espérait en tirer parti sans avoir à se compromettre.

Au même moment le mulâtre parut ; il commandait une troupe d'esclaves, ses yeux étaient étincelans, une vigueur surnaturelle semblait s'être emparée de lui ; il haussa la voix et rappela à ces hommes déchaînés leur promesse et la fidélité du serment : dans le tumulte on ne pouvait distinguer quelle cause était la sienne, et dans l'excès de sa surprise M. de Saint-Yves s'écria d'un ton douloureux : Comment ! toi aussi !.. tu n'étais qu'un traître ! !...

— Non, non, reprit Lydie, malgré son épouvante, Astolfe n'est point notre ennemi. — Et bientôt perdant l'usage de ses sens, elle tomba dans les bras de son mari, qui la remit à ses femmes, pour tenter de la sauver en opposant au péril sa prudence et sa fermeté.

Cependant Aurélio oubliait le soin de sa propre vie pour suivre les mouvemens du jeune mulâtre ; son imagination frappée de souvenirs, croyait le voir sortir de la terre pour lui reprocher son attentat, et armé pour l'en punir ; il frémissait involontairement, lorsqu'Henrico absent depuis quelques momens, se présenta devant lui.

— Seigneur, lui dit-il, éloignons-nous, le chef des révoltés favorisera notre fuite....

— Qui? reprit Gonzalès hors de lui, Zéliore?...

— Non, point lui, répliqua Henrico, mais le diable d'intendant, qui a trop bien gardé son secret; lui seul est le moteur de la sédition... Je viens de lui parler, seigneur, et d'acheter de lui votre salut... et la perte d'Astolfe.

— Je ne quitterai pas ma famille quoi qu'il en puisse arriver, répondit Aurélio; et pendant qu'il se rapprochait d'elle, Henrico lui expliquait les moyens de gagner la mer et d'y trouver sa sûreté.

Lorsqu'il eut rejoint M. de Saint-

Yves, don Gonzalès le trouva en butte à la rage des furieux, sans espérance de pouvoir leur résister longtemps; et faisant signe à Henrico de leur frayer le chemin dont il s'était assuré, il engagea les maîtres de l'habitation à fuir avec lui sans retard.

Il n'est pas besoin de dire que l'ancien intendant avait lui-même guidé les insurgés vers l'habitation de M. de Saint-Yves, afin de satisfaire sa haine personnelle. Toutefois, quand il les vit s'émouvoir au discours d'Astolfe, il douta du succès de son entreprise, en même temps qu'il sentit sa fureur augmenter à la vue de son ennemi. L'instant était décisif, il osa compter sur l'effet de l'exemple, et se saisissant d'une torche embrasée, qu'il balançait en prononçant d'horribles imprécations, il mit en plusieurs endroits le feu à cette demeure encore remplie de ses habitants.

« Exterminons jusqu'au dernier des blancs! criait-il d'un ton féroce, et mort aux traîtres! ajoutait-il en désignant Astolfe. »

Mille ducats qu'il venait de recevoir de Henrico, et la promesse d'en toucher le double si Astolfe succombait dans la mêlée, encourageait au mal l'infâme noir. Il se fit payer encore l'indication d'une retraite sûre, où il avait promis, après l'action, d'aller retrouver le valet de Don Gonzalès, et c'est là qu'Henrico voulait entraîner son maître et le soustraire à la fureur des assassins.

L'impulsion cruelle donnée par l'intendant n'avait été que trop suivie et la flamme gagnait de toutes parts. Néanmoins l'erreur de M. de Saint-Yves sur Astolfe n'avait point été de longue durée ; il avait reconnu ses propres esclaves dans la troupe qu'il conduisait. En effet, le mulâtre avait rassemblé à la hâte ceux des noirs qui étaient restés fidèles à leur maître (et sa bonté passée n'avait pas trouvé partout des ingrats) ; effrayé de la promptitude avec laquelle s'était formée cette dernière conspiration, il n'avait eu que le temps d'assurer une retraite à M. de Saint-Yves et de venir partager son péril.

Les esclaves dont il fut suivi n'étaient point armés régulièrement, ils succombaient sous le nombre et tombaient à ses côtés, blessés ou mourans.

L'intrépide Astolfe combattait toujours; mais l'espoir s'échappa de son cœur, lorsqu'il vit le feu dévorer l'asile où Lydie attendait l'issue du combat; déjà le chevalier s'était emparé d'elle, Don Aurélio et M. de Saint-Yves s'étaient réunis à ses côtés, et Astolfe les rejoignit au moment où leur fuite venait d'être décidée.

Entourés de soldats et de quelques esclaves qui cherchaient à les protéger, ils prirent la route indiquée par Henrico; l'incendie éclairait leur marche de son affreuse lueur, et les cris mêlés de rage et d'effroi augmentaient la terreur générale. La nuit était profonde, elle empêchait qu'on ne prévînt le danger, et ne servait pas assez pour que l'on s'y dérobât.

Dans cette extrémité funeste, il fut décidé qu'on se jeterait dans la barque préparée par les soins d'Astolfe, et que ceux qui n'y pourraient tenir, occuperaient le lieu de sûreté offert par Henrico.

Le triste cortége avait donc pris le chemin de la mer et repoussé les assaillans qui s'opposaient à leur fuite; déjà M. de Saint-Yves et ses amis touchaient le rivage; la barque, confiée à un batelier sûr et dévoué, les attendait; elle avait reçu la tremblante Lydie, et le chevalier, après l'y avoir déposée, était allé presser les pas de M. de Saint-Yves. Le brave colon jetait un dernier regard sur sa demeure, dont le toît embrasé lui indiquait la place, il remerciait ceux qui ne l'avaient point abandonné dans ce jour affreux, et son âme reconnaissante rendait surtout grâces à l'Eternel de lui avoir conservé sa Lydie...... Sa main touchait la sienne, et, soutenu par Astolfe, il allait se placer à ses côtés, lorsqu'uu coup de feu atteignit l'épaule de ce dernier, et alla frapper au milieu de la poitrine de M.. de Saint-Yves; il chancèle et tombe dans les bras de son épouse bien-aimée... Don Aurélio et sa suite sont encore à quelques pas; le chevalier de Valmire s'échappe.... On entend des cris menaçans... Astolfe, désespéré, hors de lui, ne voyant plus rien que la scène déchirante qu'il a sous les yeux, saisit la rame avec violence, éloigne la barque du funeste rivage et croit ainsi sauver encore ce qu'il aime... Ils fuyent trop tard... hélas ! l'infortunée créole et le mulâtre n'ont plus pour témoins de leur malheur que la mer qui les soutient et le ciel qui les couvre !

CHAPITRE XII.

Il n'était plus cet homme sage, cet ami vrai, cet époux si tendre et digne d'un meilleur sort ! la froide mort avait glacé son cœur.... Ah ! du moins il avait exhalé son dernier soupir sur le sein d'un être chéri, il avait vu couler des pleurs sincères !.. Sa dernière pensée fut qu'il était aimé..... Mais, ô dieu ! qu'elle fut amère la douleur qui resta dans l'âme de Lydie !...

M. de Saint-Yves ne survécut que

de quelques minutes à l'anéantissement d'une grande partie de sa fortune ; ce malheur eût été réparable, celui qui l'enlevait à sa famille était de ceux qu'il faut pleurer toujours!.. Son regard attendri et mourant se tourna vers Lydie. —Adieu, lui dit-il, il faut nous séparer!.... Et l'indiquant à Astolfe : Ami,. je te la recommande; remets-la aux soins de ma sœur, ajouta-t-il faiblement et en tournant ses regards mourans vers la France... Bon et fidèle Astolfe, je te confie ce qui m'était plus précieux que l'existence... Je me sens mourir... Adieu ô ma bien aimée Lydie!...

Ce mot fut le dernier qu'il prononça : les forces et la vie l'abandonnèrent... Ainsi finit le meilleur des hommes. Lydie recueillait en sanglottant ses paroles, et couvrant de ses baisers et de ses pleurs son corps inanimé, elle éprouvait tout ce que la douleur a d'inexprimable..... Son âme, comme étonnée de ce qu'elle avait souffert depuis plusieurs heures, était en proie au délire, qui est presqu'un soulagement, car sa pensée ne lui disait même plus d'où venait son mal; elle se sentait seulement misérable à l'excès, et appelant pour elle la mort à grands cris, l'infortunée répétait : — Ah ! personne encore n'a perdu autant que moi !..

Pauvre et jeune Lydie, ton cœur inexpérimenté le croyait ainsi, et le vieillard qui conduisait ta barque ne te consolait pas, lorsqu'il disait :

— Et moi aussi j'ai souffert; n'ai-je pas vu périr toute ma famille ! j'avais une épouse, des fils!.... Je suis demeuré seul sur la terre; tout ce que j'ai caressé, chéri, est là-haut!...

Lydie, abîmée dans ses regrets, ne sentait qu'eux seuls, et pour la première fois son âme resta fermée à la compassion. Un trop grand malheur rend personnel, égoïste, il n'y a que son souvenir qui attendrisse le cœur, mais c'est qu'alors le malheur est loin......

Le désespoir d'Astolfe était d'une autre nature; s'il ne connaissait plus la douceur de verser des larmes, l'expression de sa douleur n'en était pas moins touchante. Il disait encore adieu à son bienfaiteur quand celui-ci ne pouvait plus l'entendre!

— O mon maître! mon cher maître, s'écria-t-il! faut-il que ce soit votre pauvre Astolfe qui vous remette au tombeau, lui qui avait juré de vous consacrer sa vie ! Il prenait ses mains glacées et les baisait avec amour. Mais lorsqu'il vit l'effet que cette scène déchirante produisait sur Lydie, et qu'elle se penchait vers les flots de la mer comme pour y trouver un asile contre sa douleur, il reporta tous ses soins sur elle, et détachant son manteau, il en couvrit la dépouille mortelle de celui qui vivait déjà dans un meilleur monde.

— O Lydie ! dit Astolfe, en embrassant ses genoux, vivez pour accomplir le dernier vœu d'un époux mourant !

Cette prière arrêta le désespoir de Lydie.

— Astolfe, je remplirai ma destinée, dit-elle ; Astolfe, Astolfe, sauvez-moi de moi-même.

Le jour commençait à paraître, il éclaira de ses faibles rayons cette scène lugubre, et c'est dans cet instant seulement qu'Astolfe remarqua qu'aucune personne de l'île ne les avait suivis. Il se rappela confusément comment, après le coup dirigé sur le malheureux époux de Lydie, il avait poussé la barque en pleine mer, et en conclut que la précipitation de ce mouvement les avait séparés de don Aurélio et du Chevalier. L'inquiétude qu'il conçut sur eux augmenta encore sa peine ; mais son âme se resserra aussitôt pour n'embrasser plus qu'un objet, elle seule était toute entière dans la perte qu'il avait faite.

Le batelier était âgé, le chagrin avait ôté au mulâtre une partie de sa vigueur, et la barque, ballotée par les vents, allait à l'aventure et dérivait vers la pointe sud-est de Saint-Domingue; l'île de la Saona s'offrit à la vue des fugitifs, et la nécessité les força d'y aborder; moins accessibles à la crainte depuis que la vie leur était devenue moins chère, ils ne songèrent pas si ce parti leur offrirait de nouveaux dangers, s'ils devaient compter sur l'hospitalité des habitans; ils ne sentaient que le besoin de se livrer sans distraction à toute leur douleur.

Le débarquement fut triste et silencieux. On ignorait encore à Saona la révolte des noirs de Saint-Domingue, et le batelier rencontra chez les indigènes qui peuplent cette île une case abandonnée, avec la certitude d'y trouver le repos et la paix pour le tems qu'il plairait aux étrangers de l'habiter. Il vint ensuite aider Astolfe à rendre les derniers devoirs à son bienfaiteur. Deux jours s'étaient écoulés, un cercueil de bois aromatiques, façonné de leurs mains, avait reçu les restes du malheureux colon. Lydie, faible, désespérée, se traîna vers l'endroit qui allait devenir pour lui le champ du repos....... Il fut choisi au pied d'un bananier, ancien comme le monde et respecté à cause de sa vieillesse; là, protégées par son ombrage, des plantes sauvages croissaient et mouraient pour renaître, faible image de l'immortalité ! Ce lieu désert, domaine de la nature, devint encore celui de la mort ; une inscription tracée sur l'écorce du bananier fut la seule distinction que reçut l'homme simple et vertueux qu'un sort cruel avait exilé de ses foyers et de la vie.... Il devait être pleuré par ce qu'il aimait, sur une terre étrangère !..... O quel siècle d'agonie s'écoulait pour la pauvre créole durant cette cérémonie ! Qui peut peindre les déchiremens de cette âme, si long-temps vierge, et à peine initiée dans les secrets de la douleur ?

Etait-ce donc ainsi que cette jeune Américaine, brillante de grâces et de beauté, devait dire adieu à un pays qui l'avait vue naître ? Destin impénétrable, que lui réserves-tu ? et cet événement, qui ternit à jamais les

ours de sa jeunesse, ne lui laissera-
-il qu'un malheur à déplorer?

Le vieux batelier fut chargé de por-
er à Saint-Domingue la triste nou-
elle de cette mort, et d'aller à la
echerche de Don Aurélio et du che-
alier. Lydie promit de rester à Sao-
a jusqu'à l'arrivée de son oncle,
u'elle suppliait de venir vers elle,
u du moins d'y attendre qu'elle fût
nstruite de son sort et de celui de
es amis. Pendant une semaine elle
esta sur la natte qui lui servait de lit,
bîmée dans sa douleur, ne pouvant
u'à peine proférer un mot à l'incon-
olable Astolfe, qui ne la quittait
oint. Le chagrin s'était enraciné dans
on âme, et produisait cette apathie
hysique et morale qui ne provient
ue de l'excès des maux.

Une circonstance vint au bout de ce temps réveiller Lydie de l'état d'absorption dans lequel elle était plongée, ce fut l'arrivée du chevalier de Valmire : à sa vue, ses pleurs redoublèrent ; mais en exhalant ses regrets, en les voyant si tendrement partagés, son cœur reçut quelque soulagement.

L'homme juste se survit à lui-même, il existe dans le souvenir de ceux qui l'ont chéri ; et le temps, qui apprend à tirer quelques douceurs de la douleur même, commençait à offrir cette idée consolante à l'infortunée créole.

Cependant le chevalier avait des détails intéressans à communiquer à la comtesse, sur les événemens qui avaient précédé et suivi sa fuite. Au premier mot qu'il prononça sur ce sujet, Lydie sortant tout-à-coup comme d'un rêve pénible, se rappela son oncle, sa vieille nourrice, son Irma, enfin tous ceux qui avaient connu son malheur, et qui sans doute en avaient souffert aussi; il fallut donc lui apprendre les causes d'absence de tant de personnes qu'elle avait lieu d'attendre près d'elle; et le chevalier, quoiqu'avec un chagrin visible, entreprit l'explication qu'elle souhaitait: trop certain d'ajouter à sa douleur, il la fit aussi succincte que possible, et commença ainsi : (*)

« A peine, dit-il, avais-je vu tom-

(*) Il n'est pas inutile d'avertir le lecteur que M. de Valmire ne répète que ce dont il a été témoin ou ce qui lui a été dit, le fond des événemens lui étant inconnu.

ber M. de Saint-Yves, que, me retournant vivement, j'aperçus aussitôt d'où partait ce funeste coup, et sans autre pensée que celle de venger mon ami, je plongeai mon épée dans le sein du perfide intendant, que je reconnus à la lueur de l'incendie, qui alors s'étendait de toutes parts. — Malheureux! m'étais-je écrié; tu as tué ton maître!.....

—Ce n'est point lui dont on m'avait fait promettre la mort! telle fut son unique réponse. Il expira en prononçant le nom d'Astolfe et d'Henrico, et maudissant ce dernier. Je n'en entendis pas davantage; la terre était délivrée de sa présence et je courais alors le plus grand danger. Le bruit de la mort du chef des noirs se répandit aussitôt parmi eux : ils accoururent de mon côté au moment où j'espérais rejoindre la barque, que je ne croyais point encore éloignée du rivage. Le bruit de leur marche, leurs cris de vengeance et l'état d'isolement où j'étais au milieu de cette foule d'ennemis m'obligèrent à les éviter. Je me sauvai à tout hasard ; les ténèbres me protégeaient dans la route que je pris. Je la reconnus bientôt ; elle me conduisit à la cabane qu'Astolfe m'avait élevée aux jours de ma détresse ; elle me servit encore dans cette horrible circonstance. Là, j'attendis avec anxiété le retour du soleil ; mais, grand Dieu ! quel spectacle il vint éclairer !

» Cette cabane qui dominait la mer et les environs, était dans un lieu écarté ; de là je pus voir, hélas ! la dévastation générale dont j'étais environné : partout des toits fumans, des habitations écroulées; aux hurlemens, aux cris, avait succédé un silence plus effrayant encore; il annonçait l'absence et la mort! Le fer et le feu avaient laissé de toutes parts leurs traces horribles, et je calculais en frémissant le malheur des habitans de cette île jadis si prospère.

» Quelques noirs erraient isolément dans la campagne, ils portaient sur leurs traits ou dans leur attitude l'expression d'une stupide insouciance; je les pris pour des lâches qui étaient restés étrangers à la révolte; mais bientôt une idée plus douce et plus juste me fit croire qu'il pouvait y en avoir de fidèles parmi eux, qui, détestant le crime de leurs compagnons, s'étaient abstenus d'y prendre part.

» Après un jour entier d'irrésolution, pressé par la faim, je m'adressai à l'un de ces hommes : c'était un esclave de M. de Saint-Yves ; il me regarda avec horreur, puis avec pitié, et finit par s'enfuir sans me répondre. Je pensai qu'il allait revenir avec d'autres noirs, et jugeai prudent de quitter ma retraite. Je cueillis çà et là des fruits qui furent ma seule nourriture pendant trois jours ; et rempli d'inquiétude sur mes amis, ignorant quel serait mon sort, je marchai au hasard, me cachant avec soin et dormant dans les endroits les plus épais des bois. Enfin, ne pouvant plus résister au désir de savoir ce qu'étaient devenus ceux dont j'avais été si cruellement séparé, je bravai le péril et m'avançai jusqu'à l'endroit même où l'infâme noir avait expiré sous mes yeux. Je cotoyai le rivage, décidé à questionner quelqu'un sur ce qui s'était passé depuis l'événement qui m'avait arraché à mes amis. Il me parut que tout était rentré dans le calme; seulement quelques pêcheurs causaient en préparant leurs filets, ils déploraient le malheur des jours précédens. Je leur nommai M. de Saint-Yves, en m'avançant au milieu d'eux. A ce mot, un vieillard se leva, vint à moi, c'était celui qui avait conduit la barque qui fut votre seul refuge, continua-t-il, en s'adressant à Lydie. Il m'apprit à-la-fois la perte irréparable que vous aviez faite, comment il était chargé de s'informer de mon sort, et les renseignemens qu'il avait eus sur don Aurélio.

» L'obligeant vieillard avait témoigné la plus grande joie en me retrouvant, et songea d'abord à ma sûreté en m'obligeant de prendre des vêtemens de pêcheur. Ainsi déguisé, je lui exprimai le désir que j'avais de vous rejoindre à Saona sans retard, et de vous porter moi-même les nouvelles que vous deviez attendre avec impatience. Notre voyage fut remis au lendemain, à la pointe du jour, et nous employâmes l'intervalle qui nous restait, à rassembler les indices qui pouvaient nous éclairer sur la destinée de don Aurélio et des serviteurs de M. de Saint-Yves.

» Nous apprîmes qu'au moment où

le bruit courut que don Aurélio allait quitter l'île avec sa famille, les principaux habitans étaient venus se réfugier autour de lui ; un riche armateur lui proposa de le recevoir à son bord, et l'on avait tant de confiance en sa protection, que chacun voulait se sauver par le même moyen. Gonzalès, témoin de la fuite de Lydie et de la blessure de son neveu, perdant l'espoir de les rejoindre, adopta le parti proposé, et plusieurs personnes de distinction s'embarquèrent avec lui ; mais on ignorait la destination du bâtiment : le frère Emmanuel et Henrico l'avaient suivi. Quant aux serviteurs de M. de Saint-Yves, quelques-uns d'entre eux avaient été victimes de leur dévouement, les autres étaient dispersés, et l'on craignait que la vieille Edite n'eût péri dans l'incendie, car elle avait disparu depuis ce moment.» Le chevalier finit cette triste relation, en faisant un tableau trop fidèle de la ruine des propriétaires de Saint-Domingue et du deuil qui régnait dans l'île, livrée au massacre et à la désolation.

Lydie, en l'écoutant, pleurait tour-à-tour son malheur et celui des autres : son âme redevenait humaine et sensible, à mesure qu'elle s'ouvrait à diverses émotions.

— Quoi ! dit-elle, vous seul, chevalier, m'êtes resté, vous et mon pauvre Astolfe, de tout ce que nous aimions !....... Elle s'identifiait encore avec l'époux qu'elle avait perdu, et lorsqu'elle sentit qu'il fallait renoncer à cette douce habitude, on eût dit qu'elle apprenait pour la première fois la douleur de l'isolement et des regrets....

Elle exprima aussi combien elle eût été satisfaite que don Aurélio eût connu le lieu où elle s'était refugiée momentanément. — Alors, dit-elle, j'aurais pu recevoir ses conseils, il eût décidé de mes démarches ou du moins approuvé celle qui m'est tracée.... Sa vertu eût rassuré mon âme incertaine; car, hélas! j'ignore ce que c'est que prévoir, qu'exécuter.... J'avais un guide, un ami qui pensait pour moi.... Ah! je ne l'ai plus, et c'est presque arriver dans la vie que de n'avoir point connu l'infortune....

Ce retour sur sa jeunesse lui rappela sa jeune favorite. — Et ma pauvre Irma! s'écria-t-elle, m'est-elle aussi ravie avec ma nourrice? ai-je perdu tous ceux qui reçurent mes premières caresses?

— Irma, reprit le chevalier, a été trouvée pleurante à la place où elle vous avait perdu de vue.

— Eh bien ! qu'en a-t-on fait?....

— Le vieux batelier, qui l'a rencontrée, l'a prise dans ses bras.... Je vous la ramène.... L'excellent homme nous a conduits ici tous deux.

— La petite négresse entra dans cet instant, et s'attachant aux habits de sa maîtresse, elle se mit à les baiser, ne sachant comment exprimer sa joie de la revoir.

Cette diversion, ménagée à dessein par le chevalier, lui valut les remercîmens de Lydie, qui embrassait avec ravissement l'enfant qu'elle avait élevée et chérie au temps de son bonheur.

— Bonne maîtresse, lui dit la petite Irma, en passant les mains sur son visage : moi pleurer toujours, car toi haïr les méchans noirs à présent.

— Ah ! puis-je les confondre avec ceux qui me font tant de bien ! répondit la douce créole en la serrant contre son cœur. Ce serait être injuste.... Je ne veux point le devenir malgré mon malheur.

Le batelier eut sa part de la reconnaissance de Lydie ; elle sut accompagner la récompense qui lui était due de toutes les grâces affectueuses qu'elle possédait ; et Astolfe en la voyant redevenir bonne et tendre, reconnut en elle le courage des grandes âmes, qui savent souffrir sans faire supporter aux autres le poids de leur affliction.

Rassuré sur sa santé, il l'était encore sur son existence. Le portefeuille qu'Astolfe tenait de son bienfaiteur contenait cent mille francs en billets de banque. Le hasard voulut qu'il les portât sur lui lors de l'événement qui amena leur fuite. Cette ressource devenait précieuse; elle pouvait maintenant servir à gagner du temps et mettre la comtesse à même de se rendre en France. C'était le dernier conseil de son époux; elle se faisait une loi de s'y conformer. Mais Lydie n'avait pas songé aux obstacles, lorsque le portefeuille fut remis par Astolfe à sa disposition; ils cessèrent donc au moment où elle pensa qu'il lui fallait traverser les mers avant de se trouver dans les bras de sa sœur. Lydie accepta l'offre du mulâtre avec simplicité, et ne l'en remercia point... tout était dans son âme.....

Le désir de remplir le vœu de son époux rendit des forces à Lydie. Une autre pensée, qui lui disait que bientôt elle serait mère, et qu'il est cruel d'être orphelin..... contribua à relever son cœur de l'abattement où il était plongé.... elle combattit sa douleur, et s'abandonnant à la providence, la jeune créole promit de vivre pour son enfant.... Lorsqu'Astolfe la voyait se livrer au désespoir, il savait la ramener à cet objet de consolation avec cet art qu'un attachement incomparable peut seul inspirer........ Ces soins n'échappaient pas à Lydie, elle retenait ses sanglots, séchait ses pleurs.

— Astolfe, disait-elle, la joie ne m'en fera plus répandre!....

CHAPITRE XIII.

Quelle peine extrême éprouva le chevalier de ne pouvoir accompagner la comtesse dans le long voyage qu'elle allait entreprendre ! jamais il n'avait autant senti le chagrin attaché à l'exil; il eût bravé, pour suivre Lydie, la proscription et même la mort, car elle était à ses yeux la première femme de l'univers, et sa situation réunissait en elle tous les degrés d'intérêt. Un sentiment involontaire, et qu'il osait à peine s'avouer, croissait encore avec une sorte d'espérance; mais ce sentiment même retenait son intrépidité.... Irait-il exposer celle qu'il aimait au danger qui l'attendait lui-même, et l'envelopper dans sa ruine?.. il sentait toute l'étendue du sacrifice qu'il était contraint de faire, et pour comble de tourment il ne restait pas sans inquiétude sur l'arrivée de Lydie en France. Comment n'en aurait-il pas éprouvé en se rappelant les horreurs de la révolution à l'instant où il avait été *déporté*, la persécution dirigée contre la noblesse, les décrets rendus contre les émigrés ou ceux jugés tels, la légèreté cruelle avec laquelle l'innocent était confondu avec le coupable! Le chevalier ignorait l'état actuel de sa patrie, et doutant de sa restauration, il combattait avec force la résolution de Lydie, la conjurant du moins d'attendre un instant plus favorable, et de se retirer en Angleterre, dans la famille du marquis de Valmire, son frère, marié dans ce pays, où lui-même allait se rendre.

Prières, raisons, prétextes, tout fut employé de sa part auprès de l'infortunée comtesse, et l'attachement qui avait pénétré le cœur du chevalier, donnait la plus vive ardeur à ses instances; cependant elles demeurèrent sans succès. Lydie, touchée, mais constante autant que soumise aux volontés de son époux, lui disait pour toute réponse :

— Votre ami a parlé, j'obéirai, dût-il m'en coûter la vie : depuis que j'existe, que je pense, toujours il fut ma providence !... il doit l'être encore au-delà du tombeau.

Le lendemain de l'arrivée du chevalier, un vaisseau mouilla dans l'île de la Saona; il était hollandais et voguait vers l'Europe: Astolfe y demanda passage, et tout étant convenu avec lui et le capitaine, il en vint avertir Lydie, qu'il savait décidée au départ. Ce fut un coup de foudre pour M. de Valmire, qui était présent; Lydie le vit pâlir et attribua cette impression à cette peine avouée par l'amitié au moment d'une séparation et qu'elle partageait aussi.

— Soyez sans alarmes, lui dit-elle avec douceur, un ami m'accompagne, et je vais rejoindre une sœur chérie... Nous nous reverrons, chevalier, j'en conçois l'heureux pressentiment, alors... les peines de l'exil auront cessé pour vous, et moi, j'aurai rempli mon devoir!...

La journée se passa dans les mêmes entretiens, et plus l'heure de se quitter approchait, plus le chevalier semblait vouloir graver son souvenir dans l'âme de Lydie; il lui fit promettre d'aller assurer sa mère de son existence, et lui témoigna le désir de la voir se lier avec sa famille; il n'osait autrement lui montrer son attachement, et par respect pour sa situation, s'il craignait d'être deviné, quelquefois aussi il tremblait que sa réserve ne lui laissât que l'indifférence de la charmante créole, et il ne fallait pas moins que le nom de M. de Saint-Yves prononcé par elle, pour le ramener aux convenances, que son cœur lui faisait oublier.

Si Astolfe n'eût été un malheureux mulâtre, jadis esclave de Lydie, le chevalier eût été jaloux des soins dont il l'entourait, du bonheur qu'il allait avoir de veiller à sa sûreté : toutefois la fierté du chevalier lui fit mesurer aussitôt la distance qu'il y avait entre eux, et rougissant même de cette arrière-pensée, il revint à la générosité qui lui était naturelle : d'un ton amical, quoiqu'un peu protecteur, il lui témoigna son estime, en ajoutant qu'il était digne du dépôt qui lui avait été confié, et le lui recommanda avec un accent passionné qui fut compris d'Astolfe.

Lydie, émue, répondit en montrant le mulâtre : Il se consacre à moi en mémoire de celui qu'il chérissait... Il est dans sa destinée de partager nos infortunes...

— Astolfe tressaillit et détourna la tête; pendant ce temps M. de Valmire répétait mille fois ses adieux.

Avant de quitter pour jamais l'île protectrice qui avait reçu Lydie fugitive, elle voulut retourner une dernière fois au tombeau de son époux, et s'y rendit un instant avant son départ; déjà les feuilles du bananier se desséchaient, plusieurs étaient tombées sur la terre, et, symboles de la mort, elles attristaient encore ce séjour : Lydie sentit pourtant une secrète espérance au fond son cœur ; au milieu de ces images de destruction, quand tout devait glacer sa pensée, la sienne s'éleva jusqu'à l'immortalité; le ciel, pendant ce court moment d'extase, était devenu sa patrie, elle y retrouvait son premier ami, resplendissant de gloire, trouvant au sein de la félicité l'éternelle récompense de ses vertus. Elle se les rappelait, et les présentait comme une pure offrande au Créateur des hommes.

Lydie faisait l'office d'un ange : sa douce voix, sa figure touchante, eussent prolongé l'illusion; mais Lydie versait des larmes, il était donc vrai qu'elle n'était qu'une mortelle!..

Lorsqu'il fallut qu'elle s'arrachât de ce lieu funèbre, c'est alors qu'elle crut perdre une seconde fois celui qu'un heureux prestige lui avait rendu un moment.... elle étendit ses bras comme pour appeler son guide et s'unir à lui, malgré les horreurs du tombeau, et tomba à demi évanouie sur la terre.

Le chevalier, qui s'était tenu à l'écart, soit par respect pour sa douleur, soit par l'effet d'un sentiment délicat dont il eût craint de trop s'expliquer la cause, et pourtant inquiet de ne point la voir, alla à sa rencontre ; il l'enleva froide, inanimée ; de cette place, qui bientôt, hélas! allait redevenir déserte.... Astolfe, Irma, accoururent, s'empressèrent autour d'elle et la rappelèrent à la vie ; on l'entraîna vers le rivage, où l'on n'attendait plus qu'elle pour l'embarquement.

Le vent était favorable, les cris des matelots annonçaient le départ, les autres passagers formaient des vœux et ne proféraient que des paroles d'espérance. Lydie seule était tristement assise sur le pont du navire, sa main avait pressé en silence celle du chevalier, elle le regardait s'éloigner.... Ses regards se tournaient tantôt vers Saint-Domingue, puis revenaient sur les bords qu'elle venait de quitter ; elle semblait à la fois regretter son bonheur passé et la paix du tombeau ; le mal de l'isolement se peignait dans ses traits, et laissant tomber ses bras avec l'abandon du désespoir, elle dit faiblement :

— Il est donc vrai, je n'ai plus d'ami !....

Un soupir se fit entendre à ses côtés comme elle prononçait ces mots : elle vit Astolfe tressaillir ; son sein oppressé, son air morne et pensif, cet œil sec, mais expressif, qu'il tenait fixé sur les flots, annoncèrent à la triste créole qu'elle venait de blesser un cœur tendre et dévoué.

— O bon Astolfe ! ajouta-t-elle, en se tournant vers lui, eh ! j'avais pu oublier que tu étais là !.... Non, non, je n'ai pas tout perdu !

Le mulâtre se précipita à ses pieds; toutefois il ne parla ni de reconnaissance ni de fidélité, car il ne connaissait point de paroles pour exprimer ce qui venait de se passer tout-à-coup dans son âme.

Pendant ce temps, le bâtiment voguait vers l'Europe : l'horizon avait déjà changé de face ; les Antilles disparaissaient à la vue des voyageurs; et le sommeil vint encore une fois tarir les larmes de celle que dans ces parages on avait nommée *l'heureuse et belle créole.*

CHAPITRE XIV.

Ah! lorsque Lydie reposait sous ce charmant berceau qui portait son nom, lorsque, naïve et confiante, elle y bénissait le ciel en le remerciant de son bonheur, qui lui eût dit :

« Avant que ces beaux platanes aient vu tomber leurs feuilles, tu seras seule ! étrangère sur la moitié du globe ! dix-huit printemps n'auront point encore passé sur ta tête, et tu seras vieille pour la douleur ! »

Celui-là sans doute eût été barbare,

il eût déchiré son cœur de toutes les peines attachées à la prévoyance; et le destin immuable qui préside à la naissance des mortels, n'en eût pas moins reçu son accomplissement O providence! il est donc vrai que l'ignorance où nous restons sur notre avenir est un de tes plus grands bienfaits! Ah! qui pourrait supporter la masse de ses chagrins, s'il embrassait d'un seul regard toutes les années de sa vie?....

La douceur du climat où Lydie était née, la mollesse de ses habitudes, le défaut de contradiction, avaient empêché que son âme ne s'exerçât à la souffrance; elle connaissait moins encore ces luttes intérieures que causent les passions : aussi ses premières peines la virent-elle abattue comme un faible enfant. Lydie ne cherchait pas plus à cacher sa douleur qu'à la combattre; elle pleurait tout à la fois son époux, son pays, ses amis, sa fortune; fatiguée par ses larmes, quelquefois elle finissait par ne plus penser; et alors, si elle venait à sourire, c'était avec des lèvres pâles et une expression mélancolique qui rendait sa peine plus touchante.

Les caractères doux et tendres manquent ordinairement d'énergie; cette vertu n'était pas même conçue de la jeune et sensible créole, et le temps ne devait pas même la lui apprendre.

Durant le trajet, qui fut long, à raison des vents contraires, la triste veuve ne vit guère qu'Astolfe et la jeune Irma. Le capitaine hollandais, quoique rempli d'égards pour elle, était rarement admis en sa présence, et le chirurgien de l'équipage ne la voyait que pour lui rendre les soins que son état de grossesse exigeait. La solitude convenait à la situation de son âme; et d'ailleurs Lydie se sentait trop étrangère aux usages et à la conversation des personnes qui faisaient route avec elle, pour les rechercher ou pour répondre à leurs avances.

Habituée à des appartemens spacieux, à un nombreux domestique, elle souffrit d'abord d'être à l'étroit et de n'avoir que peu de monde à ses ordres; mais peu de jours suffirent pour la familiariser avec cette nouvelle position, et la raison lui disait que ce changement serait peut-être une nécessité pour l'avenir.

Astolfe sentait avant elle toutes ces privations; il cherchait, à force de soins, à les lui faire oublier, et cette étude continuelle était l'emploi de sa vie. Ah! combien cet attachement offrit de consolations à la comtesse de Saint-Yves! Le besoin de dire ses peines, d'en reparler sans cesse, lui rendait Astolfe nécessaire. Sa conduite respectueuse, ses sentimens délicats le lui présentaient toujours digne de sa confiance, de son amitié, et la plus douce intimité s'établit entre eux.

Il y avait des singularités remarquables dans leurs rapports. Lydie commandait en demandant conseil, et le mulâtre obéissait en décidant. L'inexpérience de Lydie sur toutes choses l'obligeait à recourir à son guide, et elle semblait se démettre en sa faveur de son autorité pour l'écouter avec déférence, tandis que lui se fût mis à ses pieds pour recevoir un ordre de sa bouche. Enfin, l'ancien esclave n'oubliait point sa condition, et celle qu'il nommait sa maîtresse le traitait de manière à ce qu'il ne se la rappelât jamais.

Lorsqu'on a subi l'affliction, l'isolement, et qu'on a le bonheur de trouver un être qui sait entendre vos plaintes, qui essuye vos larmes ou pleure avec vous, ah! celui-là seul connaît l'acception du nom d'ami et peut apprécier le sentiment de Lydie pour Astolfe. Elle eût été reconnaissante, mais fière, s'il se fût méconnu. Elle était simple et tendre, parce qu'elle ne trouvait en lui que respect et dévouement. Les obligations qu'elle avait à sa généreuse prévoyance augmentaient de prix à ses yeux, car elle ignorait s'il lui serait possible de s'acquitter jamais envers lui.

La ruine de sa fortune à Saint-Domingue, et ses incertitudes sur l'état des biens qu'elle possédait en France (qui même lui venaient de M. de Saint-Yves), la mettaient dans une situation délicate et précaire. Et lorsqu'elle pensait qu'elle ne devait son existence présente qu'à l'action d'Astolfe qui s'était dépouillé pour elle, Lydie s'attendrissait et répétait :

— Un tel attachement ne peut se payer en un jour! il faut pour cela une reconnaissance de toute la vie !...

Cependant le mulâtre était plus récompensé qu'elle ne le croyait ; il trouvait dans son cœur le prix indicible de ce qu'il avait fait ; car Lydie souffrait moins et il lui était devenu nécessaire !....

Une circonstance vint encore ajouter à cette affection si bien méritée d'une part et accordée si sincèrement de l'autre. Les fatigues d'un voyage sur mer, les commotions morales qu'avait éprouvées la jeune comtesse, avancèrent le terme de sa grossesse : elle espérait être arrivée près de sa sœur pour l'instant marqué par la nature, où les soins d'une amie deviennent si nécessaires, lorsqu'elle eut besoin des secours les plus prompts. Le chirurgien hollandais les lui administra ; tout réussit heureusement, et Lydie donna le jour à un fils qui, quoique né à sept mois de terme, annonçait de la force et une bonne constitution.

Le ciel avait réservé à sa mère cet adoucissement dans ses peines, et la joie succéda aux alarmes qu'elle avait d'abord conçues sur l'existence de son enfant. Astolfe le reçut dans ses bras, le pressa mille fois sur son sein ; n'était-il pas le fils de Lydie!..... de son bienfaiteur!...... La comtesse le nourrit, et sa santé, légèrement altérée, lui permit de remplir avec succès une tâche si chère.

Qui peut dire les mouvemens intérieurs qu'éprouva Lydie en cette circonstance? chagrin, plaisir, amour de mère, s'emparèrent tour à tour de son cœur. Mais ce dernier sentiment l'emporta sur les autres. Elle connut que la vie lui gardait de précieux dédommagemens, ou plutôt, s'oubliant toute entière, elle ne respira que pour un autre elle-même ; Lydie, enfin, avait embrassé son enfant......

Les précautions sans nombre d'Astolfe avaient servi à aplanir les difficultés de ce premier moment, et Lydie, comme elle l'avait dit, ne pouvait plus s'acquitter envers lui qu'avec son âme ; aussi était-elle inépuisable en sentimens affectueux dont le mulâtre était l'objet.

Il fut décidé que l'enfant serait baptisé dès que la comtesse serait réunie à sa famille ; en attendant, elle l'appela Amédée, du nom de son père ; Irma devint sa berceuse, et s'il naquit au milieu des larmes, il eut du moins autour de son berceau une mère tendre, des amis fidèles; des baisers répondirent à ses premiers cris. Ah! combien de mortels repoussés dès leur entrée à la vie auraient envié son sort! Pourtant la mère d'Amédée le nommait l'enfant du malheur.

Malgré les contrariétés d'une navigation que les orages et les vents d'automne avaient rendue difficile et périlleuse, nos voyageurs approchaient des côtes européennes; on apercevait enfin dans l'éloignement la terre-ferme. Hélas! ce n'était point avec la tristesse du veuvage que Lydie devait aborder ces contrées qu'elle avait tant désiré connaître, et cette idée torturait son cœur. Astolfe, de son côté, éprouvait aussi une tristesse invincible à cet aspect, et ne pouvait se défendre d'un sombre pressentiment. Là, dans cette partie de l'univers, il avait vu commencer ses infortunes; sa couleur même y était en horreur, et le plus injuste mépris s'y trouvait attaché.

Maudissant le soleil sous lequel il était né, et presque l'alliance à laquelle il devait la vie, Astolfe sentait son âme se soulever contre l'injustice cruelle qui le forçait à détester les auteurs de ses jours et le pays où peut-être ils respiraient encore. Le fatal préjugé qui longtemps n'avait blessé que son orgueil, allait peser de tout son poids maintenant sur son âme; et dans un mortel désespoir le mulâtre s'écriait : Malheureux paria! que vas-tu faire au milieu des hommes d'Europe?..... A quoi te sert ta liberté si tu retombes dans l'avilissement? Eh! qui peut se soutenir de sa propre dignité contre les préventions de tout un monde?..... Ces réflexions amères augmentaient chaque jour la mélancolie d'Astolfe, et la tendre pitié de Lydie n'y portait aucun remède, puisqu'en donnant des forces au sentiment qui le dévorait, il sentait davantage ce que sa condition avait d'abject, d'humiliant!.....

Pauvre, pauvre Astolfe! qui ne le plaindrait pas, quand le destin a fait seul son malheur et vient encore compliquer ses fautes! Tous les feux de l'amour brûlent son cœur; il se consume, il se meurt, et sa bouche se tait. Son sein se comprime, le nom de Lydie adorée sort à peine de ses lèvres; il craint de profaner ce nom qu'il a déifié dans son âme. Ah ! cette passion n'est pas de celles qui ravissent! la sienne est sans espérance, sans délices. Constamment il voit, il entend l'objet qu'il idolâtre, et jamais, jamais, il ne pourra lui dire même ses douleurs. Esclave, il la servait avec amour; son attachement pour un maître chéri le trompait sur la nature de cette impression désavouée par son cœur. La belle créole était aux yeux d'Astolfe une divinité qui devait être entourée d'adorations et de respects. Il croyait n'éprouver pour elle qu'un sentiment ordinaire et partagé de tous ceux qui l'approchaient; mais quand il eut perdu son protecteur, que Lydie le traita comme un ami, qu'une espèce de familiarité l'eut mis dans le secret de sa pensée, Astolfe aima. Toute cette énergie qu'il tenait de l'habitude de souffrir, se tourna contre lui, il aima avec violence. Né sous un ciel brûlant, il portait dans ses veines la source des passions ardentes, et son âme remplie de tendresse devait le faire succomber à l'amour. La vue de Lydie fut l'arrêt d'Astolfe; et le malheureux paya bien cher ce qu'il regarda comme un bienfait du ciel! A combien d'épreuves ne fut-il pas soumis, lorsqu'exalté jusqu'au délire il craignait de laisser soupçonner sa faiblesse et d'offenser la chaste veuve du meilleur des hommes! Le devoir, le respect l'obligeaient à ne montrer qu'une froideur constante, quand la volupté et l'amour troublaient et ses sens et sa raison ; et cependant Astolfe fut fidèle à cette conduite, sans laquelle il eût été perdu.

Lydie, trompée par cette réserve, souriait à son zèle, et, à force d'amitié, lorsqu'elle n'eut que lui pour guide, elle doubla, sans le savoir, ses plaisirs et ses souffrances : moins elle soupçonnait la vérité, plus ses manières étaient caressantes ; et oubliant par sentiment la condition dans laquelle elle avait connu le mulâtre, Lydie ne le traitait plus que comme un ami malheureux que l'on veut dédommager de ses maux.

Peut-être le monde sévère, quelquefois injuste, eût-il exigé plus d'égard pour les convenances ; mais comment Lydie eût-elle observé ce qu'elle ne connaissait point? simple et droite de cœur, elle pensait que l'on peut toujours suivre l'impulsion de son âme; lorsqu'elle se trouve d'accord avec sa conscience.

La pauvre Américaine se fiait avec candeur à la pureté de ses intentions, sans redouter l'opinion des hommes; confiante, expansive jusqu'à l'imprudence, elle jugeait de chacun par son propre cœur. Ah! que n'est-elle encore au rivage, jadis paisible, de l'Ozama, où sur le rocher témoin de ses inspirations religieuses..... Mais hélas! elle ne tremble pas.... et pourtant elle vient de toucher l'Europe....

Madame de Saint-Yves débarqua à Amsterdam, trois mois après avoir quitté Saint-Domingue; elle écrivit aussitôt à Louisa ses infortunes, son arrivée, et lui annonça qu'après quelques jours d'un repos que son état de nourrice exigeait, elle prendrait le chemin de la France, et que, s'il plaisait au ciel, une fois réunie à elle, rien ne pourrait plus l'en séparer.

Cette lettre partie, elle se livra à l'espérance pour la première fois depuis son départ, et à genoux, tenant son petit Amédée sur son sein, elle remercia Dieu avec ferveur de l'avoir protégée dans le cours d'un aussi long trajet.

Lydie prit ensuite des vêtemens convenables à une veuve, se pourvut des choses de stricte nécessité dont elle avait été privée depuis quelque temps. Astolfe, de son côté fit, préparer une chaise de poste, dans laquelle on suspendit un hamac pour le jeune enfant; quand tout fut prêt, ils se remirent en route.

Leur marche, qui se fit en traversant la Hollande, fut lente; néanmoins au bout de la seconde semaine, les voyageurs aperçurent Paris, à leur grande satisfaction. Ils avaient bien saisi quelques mots, pendant le voyage, des nouvelles coutumes introduites en France depuis la révolution; et quelques formalités auxquelles on les soumit, leur indiquèrent assez les troubles qui avaient existé récemment dans les villes où ils passaient; mais ils ne se formaient aucune idée réelle de l'état dont sortait à peine cette belle partie de l'Europe.

Gouvernée par des hommes ambitieux et cruels à la fois, la France avait été ébranlée dans ses fondemens, jusqu'à ce que les principaux factieux et leurs partisans se fussent renversés tour à tour; le peuple, léger et cependant barbare, avait été longtemps à sentir qu'il augmentait ses maux en partageant les erreurs des différens partis, et qu'il se dégradait en servant une cause horrible, qui tendait à la destruction générale des personnes et des biens. Au délire atroce avait succédé la terreur; le sang avait couvert le plus beau sol de l'univers, et effrayé jusqu'aux bourreaux mêmes.... Ils s'arrêtèrent enfin... La France était encore en deuil; mais au moins elle entrevoyait le retour de la paix, lorsque Lydie arriva dans son sein.

Etonnée de tout ce qu'elle entendait, elle ne pouvait s'empêcher de taxer d'exagération ceux qui déploraient le malheur des jours passés : car son imagination ne pouvait comprendre ces excès d'horreurs et de cruautés ; toutefois, tremblante d'inquiétude, elle demandait à quelques personnes si par hasard elles auraient entendu parler de Monsieur et de Madame d'Elmance ; quand elle voyait l'inutilité de sa question, mille pensées vagues et cruelles venaient assiéger son esprit.

C'est ainsi que Lydie atteignit la capitale de la France ; sans perdre de temps, la jeune comtesse se rendit à la demeure habituelle de sa belle-sœur. Quelles furent sa surprise et son chagrin lorsqu'elle acquit la conviction que non-seulement Louisa ni son mari n'habitaient plus leur hôtel, mais qu'il avait passé en des mains étrangères. On ne put même lui dire ce qu'étaient devenus les anciens propriétaires, si toutefois ils existaient encore, avait-on ajouté. Ce contre-temps, ces mots aussi indiscrets qu'affligeans, avaient contristé Lydie au dernier point. Elle ne savait quel parti prendre, en attendant qu'elle pût se procurer des nouvelles certaines sur ses amis. Il fallut provisoirement qu'elle habitât un hôtel garni, tandis qu'Astolfe se disposa à faire les démarches nécessaires pour obtenir les renseignemens si désirés par Lydie sur monsieur et madame d'Elmance et sur les autres parens de son mari.

Seule, pendant ces courses nécessaires, la triste créole demeurait renfermée, nourrissant son fils, le couvrant de ses baisers et de ses larmes, et pensant à son pays natal qu'elle ne pouvait s'empêcher de regretter. L'hiver se faisait déjà sentir en France; il produisait sur elle une impression douloureuse qui agissait aussi sur son âme. La froide bise faisait entendre sa voix gémissante autour de son appartement et semblait s'unir à ses plaintes. Irma frissonnait à ses côtés; même au milieu de l'abondance, la comtesse de Saint-Yves trouvait les habitudes des Parisiens resserrées et mesquines. Il lui tardait de sortir de ces maisons de louage où l'on mettait un prix exorbitant aux moindres jouissances de la vie, et où lui manquaient toutes celles dans lesquelles elle avait été élevée.

Paris n'offrait pas à cette époque l'aspect qui jadis l'avait rendu un séjour de délices pour les riches voyageurs, de quelque nation qu'ils fussent. Cette cité si vantée avait été le théâtre d'une affreuse anarchie; et si les persécutions avaient cessé, la crainte et l'effroi qui s'étaient répandus partout y régnaient encore. Ceux qui avaient eu le bonheur de sauver du naufrage une partie de leur fortune, n'osaient ni en convenir ni en user; le goût et la raison se tenaient encore à l'écart et craignaient de reparaître: le mérite se cachait également avec soin, et chaque classe de la société, ayant plus ou moins souffert de ce bouleversement général, déplorait ses pertes dans un morne silence.

Cette esquisse, qui peint faiblement un des côtés du tableau qu'offrait alors la France, fera comprendre sous quel point de vue désavantageux Lydie dut l'envisager. Humaine par caractère, mais fière, parce qu'elle avait été accoutumée au respect comme au commandement, elle fut choquée du ton d'égalité que le peuple avait conservé depuis son règne éphémère, et de la patience avec laquelle les gens de haute naissance supportaient les effets de cet insolent système. Sa timidité lui fournit bientôt la preuve du dégoût que causait cette espèce de domination, et de la difficulté qu'il y avait à la repousser.

Lorsque Lydie choisit momentanément un asile dans un hôtel public, la maîtresse du lieu lui avait demandé son nom.

— Je m'appelle de Saint-Yves, avait-elle répondu (car en arrivant en France elle avait renoncé au titre de comtesse).

— Voilà un drôle de nom, s'était écriée l'hôtesse ; les saints ne sont plus de mode ici, et la république avait aboli en pareil cas les noms de famille..... Heureusement, si vous tenez beaucoup au vôtre,..... l'on est libre maintenant...... A propos, monsieur est votre mari sans doute? ajouta-t-elle, en montrant Astolfe.

— Je suis veuve, répondit Lydie déjà effrayée et jetant un triste regard sur ses vêtemens.

— C'est donc..... L'air noble de la jeune comtesse arrêta sur les lèvres de l'impertinente hôtesse la question qu'elle se disposait à faire ; elle se contenta d'ajouter : — Je dois au moins savoir qui loge chez moi.

— Cela est trop juste, reprit Lydie en rougissant : monsieur s'appelle Astolfe.

— Oui, de son nom de baptême... mais il en a sans doute un autre, répliqua la femme avec la même hardiesse.

Cette interpellation déconcerta tout-à-fait la créole, et malheureusement Astolfe n'était point près d'elle pour l'aider à sortir d'embarras. Elle balbutia, et finit par dire : Il est.. . mon frère ; et d'ailleurs, les papiers qui vous ont été remis doivent, je pense, vous suffire.... L'hôtesse sourit malignement en regardant alternativement la rougeur de Lydie et les passeports qu'elle tenait à la main. Elle les lui rendit en répétant :

— C'est à merveille !..... mais qui aurait deviné que monsieur est votre frère?.... D'ailleurs, cela doit m'être indifférent ;.... car enfin......

— De grâce, laissez-moi, dit Lydie en l'interrompant.

— Quelle femme hautaine ! continua l'hôtesse en s'éloignant. Ah ! si nous étions encore en quatre-vingt-treize !....

Déjà Lydie, sans le savoir, avait une ennemie dans cette créature, parce qu'elle n'avait point souffert son impertinence ; et le mensonge auquel on l'avait réduite lui montra dès l'abord, que les méchans en imposent tellement aux êtres doux et faibles, que ceux-ci leur cèdent toujours, quoiqu'en les méprisant.

Cette circonstance dont Astolfe fut instruit au même moment, l'affligea pour Lydie ; il sentit les conséquences du subterfuge qu'elle venait d'employer par excès de timidité. Son honneur lui était aussi cher que la vie, et il craignait tout ce qui pouvait y porter atteinte. Il lui proposa de changer de domicile avant que la vérité pût être connue. La comtesse ne sentit pas que cette nécessité fût aussi pressante qu'il le pensait, et insista pour qu'il découvrît sa sœur avant de songer à un nouveau déplacement.

— J'ai menti, dit-elle avec naïveté,

pour imposer silence à cette femme qui me faisait peur ; lorsque nous serons loin d'ici, personne ne le saura.

— Je le désire, reprit Astolfe, car je me rappelle que les hommes ici ne pardonnent rien.

— Dieu juge aussi ce qui est innocent !

— Hélas ! on porte sur la terre la peine de l'inexpérience, comme celle d'une faute.

— S'il en était ainsi, reprit la jeune créole, il faudrait que je vécusse au désert !....

— Ah ! et que j'aille y mourir, ... pensa le mulâtre ; car sa position devenait chaque jour plus délicate ; il était obligé sans cesse d'agir contre lui-même : quand une imprudence de Lydie le rapprochait d'elle, pour ainsi dire, il fallait qu'il l'éclairât, qu'il combattît ses idées; et tout en adorant sa candeur, il prévoyait les tourmens que cette vertu même lui préparait... Que devait-il donc faire?.. la servir; et ce fut son unique soin, après cette conversation qui n'eut pas l'issue qu'il eût désirée.

Plusieurs jours furent employés à chercher les traces du colonel et de sa femme. Déjà Astolfe s'était assuré qu'ils avaient échappé aux persécuteurs de la noblesse, et qu'ils étaient actuellement hors de France; il lui restait à savoir dans quel lieu ils avaient choisi leur retraite, et jusque-là personne n'avait pu l'en informer. Encouragé toutefois par ce demi-succès, il redoubla d'empressement, et ne prit aucun repos, qu'il n'eût découvert ceux auxquels son protecteur lui avait recommandé, en mourant, de remettre son épouse bien-aimée. Ce but, qu'il ne perdait point de vue, l'éloignait souvent de Lydie, en l'obligeant à des absences fréquentes. Traversant alors à grands pas les rues de Paris, suivant les diverses indications qu'il avait obtenues, le mulâtre était quelquefois l'objet de l'attention des passans.

— Comment peut-on trouver beau un homme de cette couleur? disait à haute voix une femme à sa compagne, et répondant sans doute à une réflexion de cette dernière.

— Ma chère, ne voyez-vous pas sa structure? c'est un Grec, à n'en pas douter.... et j'aime passionnément les Grecs.

— Non, il descend des anciens Maures, je le présume à son teint olivâtre et à ses manières chevaleresques, disait une dame d'un certain âge, qui s'arrêtait aussi pour le regarder....

— N'importe.... moi, je ne trouve rien de joli que les blancs, reprenait la première interlocutrice en se retournant pourtant un peu.

— C'est un colon ruiné, disaient quelques hommes réunis en groupe; ah! ah! il vient planter du café chez nous!.... c'est pour cela qu'il a l'air de rêver.

Astolfe, pensif en effet, n'entendait rien de ces différentes exclamations: cependant celle-ci, prononcée plus haut que les autres, parvint à son oreille.

— Oh ! maman, j'ai peur, regardez donc cet homme au teint basané ; c'est un mulâtre, je crois ? ces hommes-là ne se mangent-ils pas entre eux ?

C'était une jolie petite fille de treize à quatorze ans, qui faisait cette singulière question.

— Oui, ma fille, répondit une voix grêle et sèche, cela arrive quelquefois ; mais lorsqu'ils sont *apprivoisés*, ils perdent ce goût-là....

— Ah ! tant mieux.... effectivement celui-ci a l'air bien bon.

— Fi donc, est-ce que l'on doit porter son attention sur ces sortes de gens ?.... leur couleur seule les voue au mépris.

— Pauvres malheureux ! qu'ils sont à plaindre !

— Vous placez bien votre pitié!

— Mais, maman, s'ils sont, comme nous, l'image de Dieu sur la terre, et s'ils ne sont pas tous méchans, pourquoi les détester?.... tous....

— Parce que le préjugé les repousse....

— Maman, je ne vous comprends pas, reprit la petite fille.

La suite de ce dialogue ne fut point entendue d'Astolfe; mais il avait suffi pour porter la désolation au fond de son âme : il ne pouvait lui-même s'expliquer cette prévention qui flétrissait en France un être innocent; toutefois il en ressentait l'effet à chaque pas, et ne pouvant soutenir cette dégradation, il ne pensait plus qu'à remettre Lydie à ceux qu'elle aimait et à la fuir ensuite.... Aller mourir dans une contrée, où les indifférens du moins ne chercheraient ni à l'humilier, ni à l'avilir, était sa seule espérance.

Il apprit enfin d'un ancien fermier de M. de Saint-Yves, que le colonel et sa femme voyageaient en Suisse dans cet instant; qu'ayant vendu leur hôtel à Paris, ils s'étaient retirés à la campagne, où ils avaient passé tout le temps de la révolution dans une retraite absolue. Loin des affaires, des intrigues, n'affichant point leurs principes, et renonçant à la fierté du rang, ils avaient ainsi vécu en philosophes, faisant un peu de bien autour d'eux, et ne cherchant à effacer personne. Ils avaient été oubliés des méchans, aimés des bons, et non-seulement ils avaient conservé leur fortune par cette conduite prudente, mais ils avaient encore eu le bonheur de racheter les biens que M. de Saint-Yves possédait en France, lesquels se trouvaient avoir été confisqués sous prétexte d'émigration. Le fermier qui donnait ces renseignemens à Astolfe, lui fit parcourir cette propriété, qu'il continuait à faire valoir, et, ravi d'apprendre l'arrivée de la comtesse, il se disposa à lui rendre ses devoirs; ce qui lui était d'autant plus facile, qu'il n'était qu'à six lieues de Paris.

Lorsque Lydie apprit ces détails, elle n'en eut qu'un plus grand désir d'être réunie à sa sœur; et la supposant à Berne, où son mari avait une grande partie de sa famille, elle se décida à lui écrire encore, pour s'assurer de sa présence en cette ville, ou de l'époque de son retour. Toutes ces longueurs inévitables, les réflexions précédentes d'Astolfe et les instances du fermier, engagèrent Lydie à aller attendre à la campagne la réponse de Louisa. Elle ne différa l'exécution de son dessein que d'un seul jour, qu'elle destinait à remplir des devoirs d'amitié et de politesse envers les parens de son mari, dont elle avait appris en même temps la demeure. Elle voulait, par respect pour la mémoire de M. de Saint-Yves, qu'aucun d'eux n'eût à se plaindre d'elle; et puisqu'elle ne pouvait leur être présentée par madame d'Elmance, Lydie résolut de vaincre sa timidité et de rendre ces visites seules avec son fils. Cette résolution vint surtout de ce que les démarches d'Astolfe ayant nécessairement fait connaître à ses parens les malheurs qu'elle avait soufferts ainsi que son arrivée en France, elle ne pouvait tarder de se présenter à eux, sans manquer aux convenances et aux égards qu'elle leur devait. Toutefois elle comptait bien aussi que rien ne s'opposerait à ce qu'elle partît pour la campagne le lendemain même de ce jour consacré au devoir. Ainsi tout paraissait arrangé, prévu ; il n'y avait que la malignité du monde et ses exigeances dont Lydie ne se doutait point et dont elle était à la veille de faire la triste épreuve.

CHAPITRE XV.

Madame la baronne d'Outreville, quoiqu'elle portât ce nom par suite d'un second mariage, avait épousé en première noce un frère de M. de Saint-Yves, et se trouvait ainsi belle-sœur de Lydie. Son rang, sa fortune lui avaient obtenu une grande considération dans cette famille, et elle en jouissait avec une espèce d'exigeance, à laquelle cependant personne n'était tenté de se soustraire.

Lors de l'arrivée de Lydie, la baronne avait cinquante ans environ; son mari avait émigré de la France, et elle n'avait conservé de cette belle et ancienne fortune, que le douaire acquis par son premier mariage. N'ayant point d'enfans, elle vivait tristement, en déplorant les pertes qu'elle avait faites, et supportant avec peine l'isolement qui suit souvent le malheur et la vieillesse.

C'est surtout à cette belle-sœur de son mari que Lydie avait à cœur de présenter ses respects; et ses chagrins, dont on l'instruisit, lui inspiraient tant d'intérêt, qu'elle en oublia presque combien cette visite coûtait à sa timidité. Elle se fit donc conduire chez la baronne, suivie d'un laquais que lui avait procuré Astolfe, ainsi que de sa petite esclave qui tenait son fils dans ses bras.

Arrivée chez madame d'Outreville, on lui dit qu'elle venait de sortir pour respirer l'air ; que son médecin le lui avait expressément ordonné afin de ranimer ses forces, altérées depuis quelque temps, mais qu'elle ne tarderait pas à rentrer. Lydie attendit donc son retour ; et comme elle se nomma, on ouvrit le salon de compagnie pour la faire passer dans une autre chambre, où le vieux domestique qui l'avait entretenue la pria de se reposer. Il continua à soutenir la conversation, l'entremêlant de questions au moins indiscrètes ; ce qui paraissait être chez lui l'effet d'une habitude impertinente plutôt que de cette curiosité affectueuse qui se pardonne aisément dans un ancien serviteur. Lydie répondait peu, et passait le temps à examiner les objets qui l'entouraient.

L'appartement où elle se trouvait était au troisième étage, dans un quartier isolé du faubourg St.-Germain ; il offrait à la fois l'aspect du luxe et de la gêne. Les chambres en étaient spacieuses et froides; on y voyait de beaux meubles recouverts de poussière, des vases magnifiques, des portraits de famille, des marbres précieux entassés çà et là, et des fenêtres dénuées de rideaux. Les enfans de deux chiens qui suivaient leur maîtresse avaient leur niche dans une bergère de damas bleu, et une famille de chats réchauffaient à l'avance le pied du lit de la baronne, qui avait un goût très-prononcé pour ces sortes d'animaux. Un perroquet, vieux comme le temps, et un singe du Japon, tels étaient les hôtes qui animaient ce singulier manoir : l'un répétait sans cesse le mot de *Faufette*, qui était un des noms d'enfance de la baronne, et l'autre jouait sans miséricorde comme sans remords avec une de ses plus belles coiffes.

Ce spectacle nouveau pour Lydie fit renaître un demi-sourire sur ses lèvres, puis elle se le reprocha, en songeant que des malheurs affreux étaient en partie cause de ce désordre apparent, et qu'il est bien simple de rechercher quelque sujet de distraction lorsque les objets d'affection manquent au cœur.

Cependant, comme la promenade

de madame d'Outreville paraissait se prolonger, Lydie témoigna le désir d'écrire quelques lignes et de se retirer ensuite. Le vieux domestique chercha alors, mais inutilement, une plume et de l'encre : il finit par offrir à Lydie le secours de sa mémoire, et promit de rendre fidèlement à sa maîtresse ce dont madame de Saint-Yves l'aurait chargé pour elle. Il reçut donc la commission de dire à la baronne que la veuve de son beau-frère était venue lui rendre ses devoirs et lui présenter son fils ; qu'obligée de partir incessamment pour la campagne, elle espérait être plus heureuse à son retour à Paris ; qu'elle ne manquerait point, à cette époque, de renouveler sa visite avec empressement.

Elle reprit ensuite la même voiture qui l'avait amenée, et se fit conduire chez les autres parens qu'elle avait à Paris, dont elle était également parvenue à se procurer l'adresse.

Lydie trouva partout de la politesse et des témoignages d'intérêt, qui tenaient absolument à l'usage du monde ; car toutes les personnes qu'elle allait visiter étaient trop concentrées dans leurs peines récentes, pour lui accorder le degré d'attention que méritaient ses malheurs. La sensibilité s'émousse dans les âmes faibles lorsqu'elles ont beaucoup souffert ; elle s'agrandit, au contraire, dans celles qui ont de la chaleur, de l'énergie, et se répand sur les autres par l'effet naturel de la comparaison. On plaint mieux les maux qu'on a sentis !

mais pour cela il ne faut être ni personnel ni égoïste.

Malheureusement Lydie ne rencontra pas d'abord de ces âmes tendres et consolantes. Lorsqu'elle racontait l'horrible catastrophe qui l'avait privée de son époux et chassée de ses foyers, quelques-uns de ses parens lui disaient : — Ce sont de grands malheurs ! mais hélas ! nous en avons vu bien d'autres en France depuis la révolution !

Ma cousine, reprenait une baronne douairière, il ne faut pas vous désespérer : vous êtes jeune, jolie ; oui, cela est vrai, très-jolie, on ne peut dire autrement ; avec cela, vous pourrez rétablir votre fortune par un bon mariage, sans vous mésallier, je l'espère ; et en conservant l'honneur de la famille vous pouvez encore réparer vos infortunes.

— Oui, s'il m'était possible de les oublier, reprenait Lydie affligée du genre de consolation qui lui était offert.

Personne ne s'informait de sa situation présente, de ses moyens actuels d'existence, comme par la crainte des obligations de parenté qu'entraînerait une plus ample confidence. Aussi, tous les discours tenus à ce sujet étaient-ils superficiels et froids.

Dans la société, on appelle cette réserve prudence et savoir-vivre ; elle est cependant le cachet de l'indifférence et de la dureté. Lydie néanmoins n'y vit qu'une suite de la légèreté française, et elle lui parut, dans cette circonstance, moins aimable qu'elle ne s'était attendue à la trouver.

Il n'en fut point ainsi dans la famille de M. de Valmire, dans laquelle se rendit aussi la jeune comtesse. Là, elle trouva la noblesse des manières unie à la simplicité du cœur, et une douleur trop véritable supportée avec grandeur et résignation.

Déjà une lettre du chevalier, envoyée à l'avance par Lydie, avait appris à sa mère son existence et tous les détails de son exil. La réception que cette dame respectable fit à la jeune créole, prouva à cette dernière la joie qu'elle avait apportée au sein de cette famille long-temps désolée. L'expansion du bonheur et les exclamations qui partaient du cœur de madame de Valmire, en parlant de son fils, ne l'empêchaient pas de trouver des larmes pour plaindre Lydie.

Malgré la différence de l'âge, ces deux femmes intéressantes se sentirent dignes d'une mutuelle amitié, et elles se promirent en même temps de cultiver une connaissance dont les premiers momens avaient été si agréables.

Lydie, comblée de caresses par madame de Valmire, accueillie comme un ange descendu du ciel par tous ceux qui portaient quelque amitié au chevalier, fut encore sollicitée pour prendre un logement dans la maison simple, mais décente, de la marquise de Valmire; ce que celle-ci lui demandait comme une faveur, au moins jusqu'au retour de madame d'Elmance.

Lydie pénétrée de tant d'instances, instruisit alors madame de Valmire de son projet; et lors même qu'il n'eût point existé, elle témoigna qu'elle eût été peut-être obligée de refuser une offre aussi attrayante pour elle, par la crainte d'offenser sa propre famille. La marquise se rendit avec peine à cette délicatesse, et ne laissa aller Lydie que lorsqu'elle lui eut promis de revenir souvent la revoir, puisqu'elle ne désirait rien tant que de lui rendre une partie des soins qu'elle avait prodigués à son cher fils. Lydie prit l'engagement que madame de Valmire souhaitait, et elles se séparèrent.

Cette visite avait dédommagé. la jeune créole du peu de satisfaction qu'elle avait eue de celles qui l'avaient précédée, et jamais depuis long-temps elle ne s'était sentie si contente ni si gaie. Elle retournait à son hôtel avec cette disposition, lorsqu'en arrivant elle trouva Astolfe pâle, défait et dans une agitation extraordinaire; sa main était froide et tremblante lorsqu'il la lui présenta pour descendre de voiture. Redevenue sérieuse elle-même, elle le questionna, mais en vain; il persista à dire qu'il n'avait rien et qu'il ne connaissait pas la cause de ce qu'il éprouvait, que c'était sans doute un malaise accidentel.

En effet, il se remit bientôt, caressa le petit Amédée, s'occupa avec Irma des préparatifs de leur départ pour la campagne. Lydie s'étonna de cette transition subite dans l'air d'Astolfe ; toutefois n'en obtenant pas l'explication, elle ne rechercha plus la cause d'un mal dont l'effet avait disparu.

CHAPITRE XVI.

C'était la première fois, depuis sa fuite d'Amérique, que Lydie s'était trouvée séparée du mulâtre, à quel titre l'eût-il accompagnée? Cette question à laquelle l'âme d'Astolfe eût si bien répondu, lui fit sentir la fausse position où il se trouvait, et pour l'avenir tous les maux auxquels il était condamné. Une seule absence de Lydie lui avait fait éprouver mille alarmes, mille tourmens; et depuis l'heure où elle l'avait quitté, jusqu'à celle de son retour, il avait connu toutes les angoisses du désespoir. — Elle ne reviendra pas! se disait-il, en se roulant sur la terre, elle ne reviendra pas!.... Où est-elle? Pourquoi si long-temps éloignée? Ah! malheureux! que ferais-tu si sa vue allait t'être ravie à jamais!.....

Ces pensées allumaient son imagination, et Astolfe se sentait mourir, lorsque le carosse de Lydie s'arrêta devant son hôtel, et c'est alors qu'il eut à peine assez de force pour aller à sa rencontre.

Tout devient douleur pour un cœur passionné qui n'a pas même en perspective l'espérance, ce refuge des malheureux. Le compte que Lydie se plut à rendre à Astolfe, du temps qu'elle avait consacré aux convenances, ne servit qu'à l'indigner, car il sentait qu'elle ne trouverait point d'âme à l'unisson de la sienne; que, par conséquent, Lydie ne serait plus heureuse; et quand elle lui parla de l'accueil qu'elle avait reçu de madame de Valmire, de son engagement, de ses avances, le malheureux Astolfe se crut destiné à voir un jour un rapprochement entre Lydie et le chevalier; il avait deviné les sentimens de ce dernier, et pensa, en frémissant, que les années tarissent les regrets et les larmes .....; et intérieurement il se disait: — Moi seul, j'accomplirai mon sort, je porterai dans le tombeau le même cœur dévoré du même amour! O Lydie! Lydie! jamais une étincelle de ce feu qui m'embrase ne tomba dans ton âme. La tendre confiance, l'estime te portèrent dans les bras d'un époux.... Non.... Non, tu n'aimas jamais.... Et ce n'est point à moi qu'il appartient d'agiter ton sein, d'y faire naître des transports que ton cœur pur ignore; en vain ta bonté me rapproche de toi.... Astolfe fut esclave, il ne peut s'élever jusqu'à la félicité même!....

C'est ainsi qu'un délire toujours croissant troublait l'existence du mulâtre, et qu'une nature ardente, indomptable, le rendait tour à tour jaloux, furieux et tendre, sans que jamais rien n'encourageât sa passion ni vînt adoucir ses maux.

Déjà le petit Amédée commençait à sourire, il connaissait sa mère, elle le croyait du moins, et c'eût été un crime aux yeux de Lydie, d'en douter; l'enfant serrait aussi dans sa petite main un des doigts d'Astolfe, et se faisait bercer par la jeune négresse avec une exigeance bien caractérisée. Tous trois à l'envi le trouvaient beau, spirituel, plein de gentillesse, et doutaient qu'il y eût un enfant aussi aimable; erreur charmante qui se reproduit dans chaque famille, et qui en flattant le cœur d'une mère, la dédommage de toutes les peines inséparables de la maternité.

Ici, mille circonstances rendaient le petit Amédée plus cher à ceux qui l'entouraient, et la prévention de Lydie était partagée par Astolfe et par Irma, quoiqu'avec des sentimens différens.

Le soir qui suivit l'absence de Lydie fut employé, comme à l'ordinaire, à jouer avec l'enfant, jusqu'au moment de son sommeil; Lydie chantait languissamment un air créole qui attirait quelquefois ses larmes et celles d'Irma; celle-ci, à genoux, baisait les pieds du petit nourrisson, couché sur les genoux de sa mère; et Astolfe appuyé sur le dos du fauteuil de Lydie, recueillait ses accens mélancoliques, osait contempler ses traits réfléchis par une glace qui se trouvait devant elle. Ce tableau d'innocence et d'amour n'eût mérité d'autre témoin que le ciel; cependant la porte de l'appartement s'ouvrit avec vivacité, et l'hôtesse d'un air d'importance annonça, au grand étonnement de Lydie, la visite de Madame d'Outreville.

Rien n'était plus inattendu, puisque Lydie n'avait point jugé à propos de lui laisser son adresse, et que son départ, qu'elle avait annoncé, expliquait sa réserve à cet égard; surprise au dernier point de cette circonstance, la jeune comtesse rendit son enfant à Irma, et s'avança quoiqu'avec timidité, pour recevoir la baronne sa tante : ce qu'elle entendit alors ne fut guère propre à la rassurer.

— Madame, disait la perfide hôtesse, donnez-vous la peine d'entrer; la dame américaine est dans son appartement, ainsi que monsieur son frère.

— Comment! .... son....

Cette seule exclamation, prononcée par madame d'Outreville, avait suffi pour fortifier les doutes de la maîtresse du logis, et elle se préparait à être spectatrice de cette entrevue qui promettait matière à sa curiosité, quand la baronne, se retournant vers l'antichambre où était encore l'hôtesse, la pria, d'un geste très-impératif, de la laisser; ce qui ne souffrit pas de replique.

Cette dame avait une figure imposante, sur un corps assez gros et petit. Son costume, antique et non soigné, annonçait ses goûts peu changeans et une habitude de désordre qui ne faisait alors qu'ajouter à son âge. Son ton était aigre-doux et son langage incorrect; du reste, elle avait de l'aisance dans les manières, et poussait la politesse jusqu'à la cérémonie : ce qu'elle prouva d'abord par une grande révérence en réponse au salut de Lydie.

— Bonjour, ma chère comtesse, lui dit-elle : je n'étais point chez moi lorsque vous vous êtes donné la peine d'y venir, et j'étais trop empressée de faire connaissance avec la femme du feu comte mon beau-frère, pour différer de vous rendre ma visite.

— Que de bontés ! madame, répondit Lydie. Mais comment avez-vous su ?....

— Votre demeure ? repartit la baronne ; mon laquais m'en a instruite... Sans doute il la savait de vous ?....

—Cette explication confondit Lydie, car elle était certaine de n'avoir point parlé même qu'elle logeât en hôtel garni... Quelqu'un l'avait donc suivie? Elle crut alors se rappeler qu'en plusieurs endroits où elle s'était arrêtée, la même figure d'homme s'était offerte à ses yeux ; ce qui jusques-là n'avait que légèrement attiré son attention. Cependant elle ne répondit rien à ce sujet, et jetant un regard d'inquiétude du côté d'Astolfe, elle continua la conversation commencée entre elle et la baronne d'Outreville.

— Je suis reconnaissante, madame, que vous ayez bien voulu vous déplacer pour moi : mon projet était de tenter une autre fois si je serais plus heureuse en vous rencontrant..... Je voulais vous mener mon fils, mon cher petit Amédée ! ....

— Ce pauvre enfant! reprit madame d'Outreville (en lui faisant quelques caresses), il a fait une grande perte !

— Oh oui ! irréparable ! et dont sa mère gémit chaque jour ! dit Lydie en essuyant ses larmes.

— Allons, ma chère, ne faites pas l'enfant : chacun de nous a ses peines ici-bas ; il faut les supporter ! ..... Dites-moi, avez-vous vu tous les parens de votre cher mari depuis votre arrivée ?

— Hier, après m'être présentée chez vous, j'ai eu cet honneur.

— Cela est fort bien : vous avez dû trouver le vieux conseiller et *madame* sa femme ; ils ne sortent jamais ; ils ont *grandement* souffert dans ces derniers temps !

— Ils m'ont paru inconsolables de la perte d'un fils unique.

— Ce sont de braves gens, mais sans courage.... Et la petite présidente, était-elle à son ordinaire bien parée dans sa robe de veuve ?

— Cela n'a point frappé mon attention : j'ai vu avec peine que chacune des personnes qui m'intéressaient avait à pleurer un parent ou un ami.... je regrette de ne pouvoir vous satisfaire.... sur les choses....

— Moi ! oh ! je n'y mets point autrement d'importance ; nos parens sont des ingrats, ils ne songent qu'à eux, il faut bien leur rendre la pareille.... nous ne nous voyons plus.... Mais laissons cela ; plus tard, je me charge de vous les faire mieux connaître... Ah ça, ma nièce, que m'a-t-on dit de votre départ prochain ? sans doute j'aurai mal compris ?

Lydie crut devoir expliquer ses intentions, et entra dans quelques détails sur ses malheurs, sur l'état de ses affaires, qui l'engageait à se retirer à la campagne quelque temps.

— Cela est à merveille, reprit madame d'Outreville, après l'avoir écoutée.... mais que m'a-t-on dit encore, que vous aviez ici monsieur votre frère? (et elle se mit à fixer Astolfe) j'avais toujours ouï dire que vous étiez fille unique?

— C'est aussi la vérité, répliqua Lydie, en rougissant, ce qu'on vous a dit est la suite d'une erreur....... Si vous le souhaitez.... je puis vous en donner l'explication.

— Comment! ma chère! vous ne me devez aucun compte de vos actions, je les crois sages et raisonnables.

— Je ne craindrai jamais du moins d'ouvrir mon cœur à ceux qui veulent bien m'honorer de leur intérêt, reprit Lydie; puis elle continua avec une sorte d'exaltation : J'ai été confiée à la personne que vous voyez près de moi, par mon époux mourant, qui l'avait jugée digne de sa confiance et de son estime; les services que ce jeune homme m'a rendus méritent toute espèce de distinction et de reconnaissance de ma part.

— Je le crois, ma chère comtesse; monsieur se nomme.....

— Astolfe.

— Il me semble avoir connu chez feu ma belle-sœur un esclave de ce nom?

— C'est encore lui, madame, reprit le mulâtre en frémissant et d'un ton concentré; cet esclave devenu libre a consacré sa liberté, sa vie à ses bienfaiteurs, parce qu'il le devait.

— Cela est fort bien, reprit madame d'Outreville, et comptez-vous, ma chère, garder ce jeune homme près de vous?

— Astolfe est maître de sa destinée.. mais jusqu'à ce que j'aie pu lui rendre ce qu'il m'a généreusement prêté, qui était toute sa fortune, j'espère, dis-je, qu'il vivra près de moi.

— Le monde et la prudence en décideraient autrement... ce que j'en dis est une simple observation, que je vous prie de prendre en bonne part.

— Madame, vos conseils me seront toujours chers, ils me prouvent l'intérêt que vous voulez bien prendre à ce qui me touche; toutefois permettez-moi, dans cette circonstance, d'écouter mon cœur, et ce que je crois être mon devoir, avant les jugemens du monde, qui ne connaît ni ma situation, ni mes obligations particulières.

— Il en sera ce qu'il vous plaira.... mais lorsqu'on calomnie si cruellement les personnes de condition, elles ne peuvent trop veiller sur leur conduite, et à défaut de fortune et de prérogatives elles doivent conserver soigneusement leur réputation.

— Je me flatte, madame, que mes sentimens seront d'accord avec les vôtres, et que la famille de M. de Saint-Yves, dont l'estime m'est si précieuse, ne se refusera point à me l'accorder.

Ce froid entretien allait devenir piquant, et déjà il avait mis Lydie fort mal à son aise. Elle en désirait vivement la fin ; et cependant l'impitoyable baronne remarquant l'absence d'Astolfe qui, n'ayant pu davantage supporter ses discours, s'était retiré, se mit à causer de nouveau avec Lydie sur différens sujets, entremêlant sa conversation d'avis et de conseils, dont son expérience et son âge lui donnaient le droit, disait-elle, auprès d'une femme qui comptait à peine dix-huit ans. Quelquefois, pourtant, tout cet étalage de pénétration et d'habitude du monde se trouvait déconcerté par une réponse ingénue de Lydie, et ses principes vertueux et simples l'emportaient sur l'emphase et l'affectation dont madame d'Outreville soutenait ses vieilles sentences sur l'honneur.

Néanmoins, l'envie de dominer

une jeune femme timide et craintive qui, réellement, se trouvait sans appui, était un attrait trop grand pour la baronne, fatiguée de sa nullité dans le monde depuis long-temps; elle ne put y résister, et pour retenir Lydie près d'elle, elle employa un ton plus caressant, et même quelque peu de flatterie, parla beaucoup des sentimens de M. de Saint-Yves pour elle, sentimens qu'elle espérait voir revivre dans sa veuve; embrassa plusieurs fois le petit Amédée, et finit par assurer Lydie que madame d'Elmance était au moment de revenir à Paris, qu'elle en avait des nouvelles récentes et qu'elle ne pouvait se dispenser de l'attendre.

—Venez chez moi, ma chère, ajouta-t elle, j'ai conservé dans mon désastre un appartement pour mes amis ; il est tout à votre service.

— Je suis pénétrée de vos bontés, madame, mais je ne vous causerai point cet embarras; mon fils est si jeune qu'il vous gênerait sans doute : excusez-moi donc si je refuse vos offres.

— Au moins, attendez donc ici madame votre belle-sœur quelques jours encore! Allons, ma belle, ne nous fuyez pas : me le promettez-vous?

— Lydie, excédée, ne put se défendre davantage ; elle se rendit, et, quoiqu'à regret, elle assura madame d'Outreville qu'elle retarderait de huit jours son départ pour la campagne, et que jusque-là elle s'efforcerait de répondre à ses bontés en allant la voir souvent.

Cette éternelle visite se termina de cette façon ; la baronne embrassa Lydie, prit enfin congé d'elle et remonta dans son carosse de louage. *A l'hôtel..... où vous nous avez pris*, avait dit le vieux laquais au cocher, et la voiture partit.

Lydie resta consternée après ce départ, et Astolfe, revenu près d'elle, souffrait mille fois davantage, parce qu'avec sa propre peine il prévoyait les dangers qui menaçaient l'épouse de son bienfaiteur.

— Que faire? s'écria Lydie.

— Se séparer, répondit Astolfe en affectant de la tranquillité.

Cette réponse saigna le cœur de la jeune créole; elle éprouva tout-à-coup la force d'une longue habitude, le chagrin qui suit un sacrifice pénible ; elle se représenta l'isolement dans lequel elle tomberait s'il fallait qu'elle ne vît plus le témoin , le confident de ses infortunes , le compagnon , l'ami que le ciel lui avait donné dans sa misère , par la bouche même de son époux ; elle regarda tristement le mulâtre , et lui dit du ton le plus douloureux :

— Astolfe , pourriez-vous m'abandonner ! Une larme coula en même-temps sur sa joue ; et à cette vue, Astolfe fut tellement transporté , qu'il tomba sans force aux pieds de Lydie.

Elle venait de toucher cette corde sensible qui depuis long-temps résonnait au cœur du malheureux mulâtre ; elle venait de la toucher avec cette douceur et cette tendresse qui trompent quelquefois dans les âmes aimantes, et feraient prendre leur compassion ou leur attachement pour un sentiment plus doux. Astolfe, quoique éclairé sur le motif réel de cette exclamation, n'avait pu résister à l'effet qu'elle avait produit sur lui : il était mourant; et pourtant, s'il eût pu parler, il aurait dit : *Je suis heureux !* ....

Les soins qu'on fut obligé de lui donner interrompirent un entretien si délicat, et lorsqu'il fut repris, Astolfe y était préparé, et soutint mieux les marques d'affection que lui donna Lydie. D'abord, il attribua son accident à une souffrance physique qu'il ressentait depuis quelques jours, et réunit toutes ses forces pour entendre la trop aimable créole. Elle se plaignit de son sort en enfant long-temps gâté par la fortune, et en dépit des promesses faites à l'imposante baronne, Lydie voulait absolument aller rejoindre sa Louisa.

— Ah ! disait-elle, cette sœur si sensible ne voudra pas que j'oublie, que j'éloigne de moi celui qui m'a sauvé la vie, celui qui me rend à elle ! car sans vous, Astolfe, faible, désolée, sans ressource, sans soutien, que serais-je devenue ?

Astolfe aurait partagé ce désir ; mais si madame d'Elmance était réellement en route, où la rencontrer ? Cette démarche serait blâmée dès-lors qu'elle deviendrait inutile. Il craignait surtout de compromettre le bonheur de Lydie par un conseil hasardé, et la sévérité de la baronne le faisait trembler pour elle.

Instruit d'ailleurs de la promesse qui lui avait été arrachée, il l'engagea à la tenir et à gagner ainsi du temps. Cet avis fut adopté; on remit à un autre jour les préparatifs de départ. Lydie se consola de tant de contrariétés, en écrivant lettre sur lettre à sa chère Louisa, et là, elle laissait voir son âme toute entière. Ses sentimens, sa candeur s'y peignaient : on eût dit que cette âme si pure et si belle était aussi transparente ; mais il faudrait que des cœurs comme celui de Lydie ne fussent jamais en contact qu'avec ceux qui leur ressemblent : tout autre commerce pour eux devient dangereux et pénible.

CHAPITRE XVII.

Huit jours se passèrent ainsi, et hors quelques insinuations de la part de madame d'Outreville, beaucoup de méfiance involontaire du côté de Lydie, il n'y eut rien de nouveau pendant ce court espace de temps. Le fermier de madame d'Elmance était venu et s'en était retourné seul à son hameau. Adolfe, plus sombre que jamais, sortait plus souvent qu'à l'ordinaire. Lydie allait oublier auprès de madame de Valmire les discours graves et toujours alarmans de la baronne d'Outreville. Une lettre de madame d'Elmance vint enfin changer la face des choses, ranimer l'existence de Lydie, en lui rendant l'espérance. Cette lettre était ainsi conçue :

De Louisa à Lydie.

« Qu'ai-je appris ! ma sœur, ma
bonne Lydie ! ton époux, mon
» frère, n'est plus ! des barbares ont
» anéanti ton bonheur avec sa vie !...
» J'ai perdu le compagnon de ma
» jeunesse, et toi la moitié de toi-
» même ! Quels détails tu me donnes !
» quelle horrible catastrophe ! tout
» mon cœur en frémit. Ainsi, ces
» beaux jours que nous nous promet-
» tions, sont changés en deuil ; nous

» ne pourrons rien goûter sur la terre,
» qui ne soit mêlé de regrets! Pauvre
» Lydie, chère enfant (car je veux
» plus que jamais te donner ce nom),
» ta Louisa sent toute ta douleur avec
» la sienne; elle pleure avec toi; elle
» te reste... Non, tu n'as pas perdu
» tout entier le cœur qui te chéris-
» sait et que nos vœux appelleraient
» en vain!.... Mais dis-moi, Lydie,
» comment as-tu trouvé tant de cou-
» rage pour tant de maux? N'es-tu
» donc plus cette jeune femme crain-
» tive et timide, qui ne savait penser
» qu'avec ceux qu'elle aimait, qui
» cherchait à s'appuyer sans cesse de
» leur approbation? Le titre de mère
» donne-t-il donc une âme nouvelle?
» Oh! sans doute! Il m'est refusé de
» le sentir; mais, je le conçois, ce sen-

» timent était seul capable de te soute-
» nir, de t'inspirer; car, je le sais, la
» philosophie ne console que lorsque
» les peines viennent du dehors : elle
» peut alors faire supporter l'injus-
» tice, la persécution, l'infortune;
» mais elle est insuffisante quand
» l'âme est nâvrée de toutes parts,
» quand elle a perdu l'objet d'une
» tendre affection.

» Hélas! ce n'est point d'aujourd'hui
» seulement que j'ai fait cette épreuve,
» ma douce amie; les derniers temps
» que j'ai passés en France ont été
» affreux. J'ai vu tomber autour de
» moi des parens, des amis; tout ce
» qui avait quelque mérite ou quelque
» naissance disparaissait sous le glaive
» des assassins.... Mais je ne contris-
» terai point ton âme par cette hideuse

» peinture, tu as bien assez de tes » douleurs !.... Je voulais seulement » te dire, qu'au fond d'une obscure » retraite, privée de tes nouvelles, » en proie aux soucis de toute espèce, » je tremblais encore pour mon Al- » bert; sans cesse il me semblait qu'on » venait l'enlever de mes bras; et in- » capable de trouver du courage contre » cette idée, je mourais mille fois de » crainte et de terreur.... Ah! que » depuis ce temps j'ai laissé loin de » moi ce qu'on nomme raison et vertu » stoïque! on en apprécie le secours » lorsqu'il nous est inutile, et il nous » manque souvent au moment de l'é- » preuve.... L'âme de ta Louisa, que » l'on croyait énergique, s'est mon- » trée plus que faible, et tu vois en- » core, mon amie, que lorsque ma

» tâche serait d'adoucir tes chagrins, » je ne puis que me plaindre et pleurer » comme toi....

» Enfin, moins infortunée que tu » ne l'es devenue, j'ai conservé mon » époux, l'orage a passé sur nos têtes » et nous a épargnés : c'est alors que, » tremblante même après le danger, » j'ai entraîné Albert loin de ma mal- » heureuse patrie ; nous avons été » chercher un asile dans la sienne, » et depuis ce temps nous habitons la » Suisse. Comment ne sais-tu pas une » partie de ces détails par madame » d'Outreville ? je lui en avais fait part ; » car, quoique nous nous voyions peu » lorsque j'habitais Paris, nous avions » conservé des relations que le temps » plus que le goût avait consacrées. » Elle aurait dû te dire, puisque je l'en

» avais instruite, que le père de mon
» mari, vieillard octogénaire, tient à
» Berne un rang honorable, que nous
» nous sommes fixés près de lui ; et,
» en effet, c'est là, qu'après un temps
» assez long, employé à visiter ma
» nouvelle famille, je suis revenue et
» que j'ai trouvé tes lettres....

» Dieu ! quelle nouvelle affliction
» m'attendait !.... Mais c'est à toi, ma
» chère sœur, mon amie, qu'il faut
» penser. Tout est convenu, Albert
» ira te chercher ; je désirais le suivre,
» il s'y oppose, parce que, dit-il, des
» préparatifs et une fatigue inutile
» retarderaient plutôt qu'ils ne hâte-
» raient notre réunion. Il partira donc
» seul, et cependant je serai tranquille
» en te voyant un tel protecteur. Dans
» peu de jours il aura terminé une af-

» faire importante et se rendra à Paris » où maintenant il peut se montrer » sans danger. Prends patience, ma » bonne Lydie, l'amitié désormais va » veiller sur toi, sur ton enfant : nous » l'éleverons ensemble cet enfant si » chéri, ensemble nous parlerons de » son père.... Tu ameneras au milieu » de nous ce jeune homme étonnant » qui, à vingt-trois ans, a déjà honoré » sa vie de tant d'actions estimables. » Nos cœur, je l'espère, sauront bien » trouver un moyen de lui prouver » notre reconnaissance et notre estime. » Ici, la simplicité des mœurs se trouve » unie à la fortune et au rang : on y » distingue surtout la vertu; le géné» reux Astolfe peut y venir.

» Adieu, ma Lydie, Albert t'expli» quera nos projets d'existence pour

» l'avenir, et ses vues pour rétablir la » fortune de ton fils. Pour moi, je me » contente d'approuver; mais je ne » serai heureuse que lorsque je te » sentirai dans mes bras et sur mon » cœur. »

Cette lettre montrait jusqu'à l'évidence que madame d'Outreville avait trompé Lydie, puisqu'elle avait connu l'intention précise de madame d'Elmance, qui était de s'établir en Suisse. Toutefois la jeune créole était si heureuse de penser que bientôt elle reposerait sa tête sur le sein d'une véritable amie, qu'elle pardonna de bon cœur à la baronne l'erreur dans laquelle elle l'avait entretenue; et attribuant même à un sentiment d'amitié ce moyen peu loyal de la garder près d'elle, Lydie se crut presque obligée de lui en savoir gré : son embarras était seulement de lui annoncer qu'elle était instruite des dispositions de Madame d'Elmance, sans lui prouver qu'elle savait avoir été abusée... On est si crédule, si bon dans la jeunesse, que l'on souffre souvent pour les autres des torts qu'ils ont eus, lorsque l'on est forcé d'y croire !

L'assurance que venait d'avoir Lydie, de vivre désormais avec ce qui lui restait de plus cher au monde, lui rendit pour un moment ces transports de joie qui autrefois s'élevaient souvent dans son cœur.

— Astolfe! Astolfe ! s'écria-t-elle en l'appelant, venez partager mon bonheur ; nos adversités, nos incertitudes vont finir. Louisa me veut près d'elle... nous ne nous quitterons jamais; et vous ausssi vous êtes attendu...... lisez!

Astolfe était accouru à la voix joyeuse de Lydie; il parcourut avidement cette lettre toute remplie d'avenir et d'espérance, et une lueur de félicité parvint jusqu'à son âme. Tous deux songèrent à faire préparer un appartement pour l'excellent Albert qui, d'après leurs calculs, ne devait point tarder à arriver. Un désordre plein de charmes régnait dans leurs discours, et les projets consolans revinrent encore une fois les occuper. Enfin ils sortirent ensemble pour prévenir l'hôtesse de l'arrivée d'un étranger et pour prendre à cet égard des arrangemens avec elle: car

Lydie ne pouvait rester en place. Le mouvement est comme nécessaire au premier moment d'une heureuse nouvelle.

Cependant leur surprise fut extrême, de trouver la maison en rumeur par suite d'un événement affreux qui venait de s'y passer; une partie des habitans de l'hôtel se lamentaient et s'agitaient à la fois. D'autres personnes, au contraire (de celles que l'on nomme prudentes), gardaient un morne silence et s'allaient renfermer chez elles. Lydie apprit, au milieu de cette consternation générale, qu'une jeune dame et un jeune homme qui occupaient depuis la veille un appartement voisin du sien avaient été trouvés expirans dans les bras l'un de l'autre, et que tout portait à croire qu'ils s'étaient volontairement donné la mort. On ajouta qu'ils n'étaient connus de personne dans l'hôtel, et que cet événement exigeait des précautions et des démarches qui avaient éloigné pour quelques instans la maîtresse de cette maison.

Lydie, emportée par son bon cœur, ne songea d'abord qu'à sauver, s'il était possible, les malheureux dont elle entendait le nom pour la première fois. Astolfe voulut en vain l'empêcher de se rendre témoin de ce triste spectacle; elle était déjà dans le tourbillon de fumée qui avait asphyxié les deux jeunes gens, étendus sur un lit funèbre, et tous deux encore unis par un dernier effort d'amour et de douleur. Un chirurgien était près d'eux; il avait employé divers moyens pour les rappeler à la vie; mais les circonstances les avaient rendus tardifs et inutiles, et Lydie n'arriva que pour déplorer cet accident funeste dont qui que ce soit ne devinait le motif.

La bonne créole avait senti l'adversité, et ses mauvais jours existaient encore; elle en était d'autant plus sensible, plus disposée à la pitié : comment eût-elle condamné ceux dont elle ne voyait que la punition et dont les fautes étaient un mystère pour elle! Ce groupe infortuné qui, la veille encore, était plein de jeunesse, d'existence, reposait immobile! La terreur, l'effroi, le blâme même se manifestaient à son côté; personne ne pleurait, excepté l'étrangère que le hasard venait d'amener. Elle seule resta après que la foule curieuse fut satisfaite, et quelques instans s'écoulèrent avant que les gens de justice appelés en cette occasion n'arrivassent.

Lydie avait jeté ses regards autour d'elle comme pour demander à ces témoins insensibles la cause de l'horrible infortune qui avait précipité dans le même tombeau deux époux si jeunes et si intéressans; c'est alors qu'elle aperçut un manuscrit ouvert. Elle en lut le titre avec un serrement de cœur inexprimable; il était ainsi conçu : *Histoire de Laure et d'Edmond.*

Machinalement elle porta la main sur ce papier, bien décidée à le remettre à ceux qui annonceraient le droit de le recevoir en dépôt.

Les hommes préposés par la justice entrèrent dans cet intervalle ; ils firent leur devoir d'un œil sec. L'hôtesse les conduisait, et rendait compte de la catastrophe arrivée chez elle, avec cette volubilité étourdissante qui contraste si singulièrement avec la douleur et la mort. On pria Lydie de se retirer; elle obéit. Son âme était froissée, souffrante : elle tenait toujours le manuscrit précieux ; mais en regardant ces personnages paisibles et froids jusqu'à la cruauté, elle n'eut point le courage de le leur remettre.—Je saurai bien, se dit-elle, découvrir un être, ami de ces infortunés, digne de recevoir leurs douloureux aveux ! Ah ! si j'eusse connu Laure, Edmond, peut-être m'eussent-ils rendue confidente de leurs peines ! peut-être ne seraient-ils pas criminels aux yeux du ciel et de la terre !..... Grand Dieu ! ils n'avaient donc point d'amis ?.... Ces réflexions poursuivirent la tendre Lydie ; en revenant dans son appartement elle rencontra Astolfe sur son passage, qui lui dit :

— Ah ! pourquoi les plaindre ? ne sont-ils pas heureux ! Ils s'aimaient, et rien ne peut les séparer !.....

— Ils sont coupables ! reprit-elle ; mais que Dieu leur pardonne ! A lui seul appartient le droit de juger et d'absoudre !

Cependant Lydie, entraînée par une force d'intérêt extraordinaire, se renferma, et confiant à Astolfe comment le hasard l'avait rendue dépositaire des aventures de Laure et d'Edmond, elle crut pouvoir en prendre connaissance, bien résolue à en garder le secret au fond de son cœur s'il était déshonorant pour ceux qui n'étaient plus, ou à le faire parvenir à leur famille s'il devait les disculper et rendre leur mémoire plus chère.

Ce droit usurpé sans réflexion était sans doute une faute dans la conduite de Lydie; mais elle n'était que bonne et pure d'intention. Tout était spontané chez elle ; Lydie n'était point parfaite : eh ! qui aurait assez de courage pour la juger avec rigueur!..... Quant à Astolfe, il l'aimait trop pour oser peser ses actions; plein de curiosité et d'intérêt ainsi qu'elle, il lui tardait de connaître quels malheurs avaient marqué la vie de ces deux victimes volontaires. Il écouta Lydie qui, d'une voix faible et basse, lut les aventures suivantes :

Histoire de Laure et d'Edmond, écrite par ce dernier.

Je venais d'atteindre ma vingt-cinquième année, lorsqu'un procès considérable, duquel dépendait la fortune de mes parens, m'obligea à faire le voyage de Paris, où l'affaire devait se juger. Mon père, déjà sexagénaire et infirme, ne put m'accompagner ; mais il me chargea de lettres de recommandation qui devaient me faire trouver, dans cette grande ville, assistance et protection au besoin. Il ne crut pas nécessaire de m'engager à défendre avec zèle ses intérêts, qui étaient les miens.

Je partis donc, je quittai pour la première fois mon pays natal. Ce fut un grand événement dans la maison paternelle ; ma mère, mes sœurs répandirent des larmes ; mes autres parens, et jusqu'aux domestiques, m'accompagnèrent à quelque distance dans la campagne ; leurs caresses ne cessèrent que lorsqu'ils m'eurent perdu de vue : mais j'entendais encore leurs vœux ; et ces témoignages de tendresse et d'attachement émurent puissamment mon cœur, malgré la joie intérieure que j'éprouvais de changer de lieux, de voler enfin de mes propres ailes, et d'être investi de la confiance de mon père ; ce que prouvait ma mission. Je savais aussi trouver dans la Capitale quelques-uns de mes jeunes compatriotes, et je me réjouissais de l'idée de me réunir à eux. Aussi, mon premier soin fut-il de les rechercher à mon arrivée, et je remis de jour en jour à remplir les commissions dont mon père m'avait chargé, tant pour me délasser avec mes amis de la fatigue d'une longue route, que pour me faire initier par eux, aux usages du pays que j'allais habiter, dans l'intention de paraître moins inexpérimenté près des personnes auxquelles je devais me présenter.

Mes jeunes camarades approuvèrent ce retardement et les raisons que j'en donnais. Leur approbation m'enchanta, car ils me parurent bien au-dessus de moi par leurs discours, par leur tournure, et j'enviais le changement qui s'était fait en eux, désespérant de subir la même métamorphose, malgré mon désir et mes efforts. Eux aussi fréquentaient les différentes maisons où la considération que l'on portait à ma famille devait m'introduire, et ils me prévinrent avec plus d'esprit que de discernement, sur le caractère des personnes que j'y devais rencontrer; ils ajoutèrent même que j'étais sans doute recommandé à la surveillance de M. de Saint-Elme, ancien ami de mon père. J'en convins, et ils prétendirent qu'une fois entré dans ses fonctions de Mentor, son austérité me laisserait peu de temps et peu de liberté. Ils me le peignirent dur, atrabilaire, misanthrope, moins abordable que jamais depuis la mort récente de son épouse, et se contentant de la société de sa fille unique, dont ils me firent un portrait peu flatteur, quoiqu'ils rendissent justice à sa conduite, à sa vie laborieuse et même à ses talens. — Mais elle n'est point jolie, me disaient-ils ; ses manières réservées sentent l'affectation : elle devrait d'ailleurs cacher davantage les connaissances que ses études lui ont acquises, et qui semblent être un reproche tacite pour ceux qui voient couler le temps dans une douce oisiveté.

Oh ! m'écriai-je alors, mademoiselle de Saint-Elme ne sera pas dangereuse pour moi, je pourrai la voir tous les jours ; car, je ne l'ai pas oublié, c'est un des conseils de mon père. Ah ! je ne lui ressemble point ; je n'aime point les femmes savantes, ni les hommes rigides.

— C'est bien, me dirent encore mes amis (et l'un d'eux principalement) ; mais ce n'est pas tout : admis comme toi chez M. de Saint-Elme avant la mort de sa femme, quelques-uns de nous s'occupèrent de mademoiselle Laure, et aucun, pourtant, n'a réussi à attirer son attention ; nous en sommes piqués au vif, d'autant que ses grands yeux noirs, quoique souvent baissés, annoncent le désir de plaire, et doivent même assez bien exprimer la tendresse... Profite de l'occasion, ajoutèrent-ils, tâche de réduire cette âme un peu trop fière; oui, tu arrives à propos pour nous venger de ses dédains.... Oh! alors nous te déclarons Parisien consommé, lavé pour jamais de la crasse de notre province; tu nous conteras tes succès, et nous te devrons un sujet d'amusement au moins pour quelques jours: la belle soupirera et nous rirons.... Tout cela est fort innocent, tu conserveras ton cœur et ta liberté, cela va sans dire, car ici le ridicule tombe sur celui qui prend au sérieux ce qui ne doit être qu'une folie.

Ces fades plaisanteries, et mille autres que je passe sous silence, me parurent du meilleur goût, j'admirai l'aimable légèreté de mes anciens camarades, et rougis, je dois le dire, de ma simplicité. Jusqu'alors j'avais regardé les droits de l'hospitalité comme sacrés ; la foi du serment, les égards dus à la faiblesse, à l'innocence, étaient autant de lois gravées par mes parens au fond de mon cœur ; dès que je pus rire de la vertu, il me fut facile de l'oublier. Flatté par mes amis qui me trouvaient quelques moyens de séduction, je m'imaginai tout-à-coup que rien ne me ferait plus d'honneur auprès d'eux que d'être victorieux dans une entreprise où ils avaient échoué. Plein de présomption et de curiosité à la fois, je leur promis de tenter l'essai qu'ils venaient de me proposer, et de les mettre au courant de mes succès ou de mes désavantages.

De ce moment je ne cherchai plus de prétexte pour retarder ma visite à

M. de Saint-Elme, et dès le lendemain je me présentai chez lui : au nom de mon père, je fus admis, reçu à bras ouverts; la plus affectueuse cordialité me fut offerte, et dans ma reconnaissance j'allais oublier mes projets, quand le nom de Laure m'y rappela. Je la vis, debout, près du bureau où son père paraissait écrire à mon arrivée; elle tenait à la main un livre dont elle marquait lentement le feuillet, lorsque M. de Saint-Elme me nomma, en disant à sa fille que j'étais le fils de son meilleur ami.

— Soyez donc le bien-venu, dit-elle avec un son de voix enchanteur. J'entends encore ces mots.... je vois l'air doux et animé qui les accompagnait. Jusqu'à la robe robe noire que portait Laure, jusqu'aux boucles de ses cheveux châtains, tombant sur son col, tout est dans ma mémoire; je peindrais son geste, son regard, et pourtant je me dis alors....

— Les femmes de ce pays sont insensibles et coquettes jusque dans leur simplicité : l'art a présidé à cette parure modeste..... il embellit ce regard et sait le rendre touchant..... Moi! j'admirerais!.... mes amis observent, cela vaut bien mieux. Je me remis à causer avec M. de Saint-Elme, en examinant Laure à la dérobée, comme pour lui trouver un ridicule, un défaut.

Hélas! j'ignorais que je cherchais moi-même des motifs d'enthousiasme et d'amour! je voulais braver un ascendant qui devait décider de ma vie; et dans mon égarement, croyant juger Laure, je me pénétrais des qualités charmantes que je devais un jour adorer.

On m'avait dit qu'elle n'avait pas une beauté parfaite, et je trouvai en elle tout ce qui valait mieux encore; Laure avait une taille charmante, des grâces attrayantes, une physionomie fine et spirituelle, et cette expression qui ne peut se peindre, mais qui anime tout.... elle avait vingt ans alors, et remplissait chez son père le rôle de la maîtresse de la maison, qui n'était plus... M. de Saint-Elme me parla de son malheur en homme qui s'en trouve accablé, et Laure, en l'écoutant, changeait de couleur suivant les impressions qu'elle recevait et qui se succédaient avec une rapidité presque effrayante; son âme, sa peine toute entière, étaient dans son regard.....

Grand Dieu! me disais-je intérieurement, l'affectation, la froide coquetterie peuvent-elles imiter à ce point l'expression, donner l'accent du sentiment? A quoi donc reconnaîtra-t-on la sincérité?.... Mais les femmes profitent même de leur douleur pour se rendre intéressantes? c'est ainsi que je blasphémaisce qu'il y avait de meilleur sur la terre, et qu'une fausse idée avait détérioré mon cœur et mon jugement.

M. de Saint-Elme voulut bien reporter sur moi une partie de cette amitié qui l'unissait à mon père, il me permit de venir le voir souvent, et voulut que je me regardasse chez lui comme dans la maison paternelle.

J'aurais dû être touché de cette marque d'estime, et sentir les obligations qu'elle m'imposait. Je ne songeai d'abord qu'à la facilité qui m'était offerte d'arriver près de Laure, et plein de l'idée que j'en serais bientôt écouté, j'allai me vanter de mes espérances auprès de ceux qui les avaient indignement fait naître dans mon âme.

Les bontés de M. de Saint-Elme ne se démentirent pas ; il m'aida de ses conseils dans les démarches que j'avais à faire pour préparer une heureuse issue à mon voyage. Il m'en donna d'autres qui devaient me préserver d'écueils dont le danger était d'autant plus grand qu'il n'était pas prévu. Souvent ces leçons de l'expérience me fatiguaient, et je trouvais que le père de Laure ressemblait assez à ce vieillard fâcheux dont on m'avait fait le portrait, et je me dispensais d'une reconnaissance qui m'eût paru alourdir encore le joug qui commençait à peser sur moi.

Ce qui m'étonnait, c'est que M. de Saint-Elme, malgré sa sévérité, me laissait toute la liberté possible de voir et d'entretenir sa fille. J'étais reçu indifféremment, qu'il fût ou non chez lui ; de cette façon je restai souvent seul avec Laure, et je pus mettre en usage les projets que j'avais formés de lui plaire et de chercher le chemin de son cœur.

Dans cette espèce d'intimité à laquelle elle se prêtait avec une bonhomie charmante, je découvris les talens remarquables que possédait Laure ; elle cultivait les arts, et en parlait avec cet enthousiasme qui tient au vrai goût du beau. Son éloquence naturelle devenait touchante lorsqu'elle avait pour objet les plaisirs de l'esprit ou les affections de l'âme, et quelque chose de persuasif et de vrai accompagnait ses paroles. Depuis qu'elle me traitait comme un frère, elle me cachait moins les trésors que sa modestie savait renfermer pour les étrangers, et je m'arrachais avec peine à ses entretiens délicieux. Elle semblait vouloir m'inspirer cet amour de la retraite et de l'étude qui la rendait heureuse, et me faire connaître des jouissances qui ne sont le partage que d'un petit nombre d'êtres privilégiés. Près d'elle je me sentais un homme nouveau..... Ma faiblesse et ma vanité me reportaient bientôt dans la société de ceux qui me trompaient en me flattant, et là je redevenais le dernier des hommes ordinaires.

Laure me traitait avec cette douce familiarité qui annonce l'innocence des pensées et la candeur du caractère ; mais j'ignorais si j'avais fait quelque impression sur elle. J'avoue même que cette simplicité de manières m'éloignait de le croire, et que sa supériorité sur moi me portait à en douter, d'autant plus que je me trouvais indigne d'elle.

Cependant mes amis m'assuraient que j'étais aimé, puisque l'on recevait mes soins avec tant de bienveillance : souvent ils osaient parler de Laure en termes peu mesurés, et lorsque je cherchais à réprimer cette liberté offensante pour elle, ils soutenaient que j'en étais épris et m'accablaient de leurs railleries. Qui le croirait ? j'avais la sottise de me défendre d'un sentiment qui m'eût honoré, et de souffrir que l'on profanât, par des discours d'une légèreté impardonnable, l'objet qui eût mérité les adorations de l'univers.

Hélas ! que je fus puni cruellement de ma faute ! Je ne tardai pas à éprouver la puissance des attraits réunis dans la personne de Laure : alors je ne pensais plus à l'observer ; je l'aimais de toutes les forces de mon âme, et cette âme égarée et non avilie sentit l'indignité d'une conduite qui blessait également son caractère et le mien. Mais bientôt j'appris qu'il est des torts qui entraînent avec eux des suites irréparables.

Parmi les confidens de mes projets, un jeune homme m'avait paru plus sage que les autres; il me parlait toujours de Laure avec un intérêt qui m'inspira de l'estime et de la confiance. Lorsque je fus revenu de l'erreur d'un moment, c'est lui que je choisis pour recevoir mes nouveaux aveux; il me félicita sur la réalité d'un sentiment que j'aurais été coupable, disait-il, de feindre pendant long-temps. Il fut le seul dépositaire de mes pensées, de mon amour, dont il connut toute la violence. Je m'applaudissais du choix que j'avais fait parmi mes autres compagnons, dont j'avais peu à peu abandonné la société, et le grave Ferdinand devint l'ami de mon cœur.

Je ne savais si Laure avait deviné mon amour, car je n'osais encore le lui apprendre; mais elle était toujours la même avec moi, franche, simple, douce et familière. Jamais je ne la voyais inégale ; elle ne savait ce que pouvaient être l'exigeance ou le caprice, et précisément cette unité dans son humeur, qui aurait dû me charmer, me faisait redouter son indifférence.

Ah ! me disais-je, si elle ressentait la plus légère partie de mes tourmens, pourrait-elle conserver ce calme qui me désole ? cette vivacité, ce feu qu'elle met à exprimer tout ce qu'elle éprouve, ne la trahirait-elle point, si son cœur battait à l'unisson du mien ? Le véritable bonheur est d'être aimé de ce qu'on aime ; les doux projets de l'avenir se font en commun ; seul, on ne veut que posséder toute entière l'âme à qui l'on a confié le destin de sa vie.

Ferdinand connut mes inquiétudes et en parut touché. Jusqu'alors je m'étais bien trouvé de ses avis, et je les recherchais, comme s'ils pouvaient offrir un remède à mes maux.

— Il est un moyen, me dit un jour Ferdinand, de surprendre le secret de la charmante Laure; mais peut-être vous répugnerait-il? pourtant il est immanquable auprès des femmes...

— Ah! repris-je vivement, Laure n'est point de la trempe commune; elle doit être jugée séparément....... Parlez néanmoins; je ne puis plus vivre dans l'incertitude où je suis.

— Feignez, continua-t-il, d'être

occupé d'une femme étrangère ; prononcez son nom adroitement dans la conversation. Il est possible que Laure soupçonne qu'elle vous charme ; sa réponse la trahira ; son air, sa respiration, le ton de sa voix, examinez tout, et vous verrez bientôt si vous êtes aimé. Cette épreuve décidera votre conduite, et vous retiendrez ou laisserez échapper l'aveu dont vous craignez qu'elle ne s'offense.

— Quoi ! reprendre un rôle abhorré, m'écriai-je ! moi prétendre en aimer une autre ! tromper Laure ! me faire mépriser d'elle !....

— Vous êtes un enfant, me répondit mon ami ; n'en parlons plus. Vous pourriez hâter ainsi l'instant d'être heureux !..... et votre intention vous ferait pardonner même de

Laure !.... Vous ne le croyez point ; oubliez donc ce conseil que l'amitié m'inspirait pour vous....

Je n'en perdis pas le souvenir, comme il le disait ; mais je fus long-temps sans en faire usage. Ma délicatesse, mon amour même, s'y opposaient, et le respect que j'éprouvais à la vue de Laure prolongeait mon supplice en m'ôtant le courage de lui déclarer mes sentimens. Il me semblait aussi que, si sa réponse ne m'eût point été favorable, c'eût été pour moi un arrêt de mort.

Je gardai donc au-dedans de mon cœur et ma souffrance et mon amour. Dans cette conjoncture, je reçus une lettre de mon père qui m'ordonnait de me préparer au retour aussitôt le jugement de l'affaire qui m'avait amené à Paris ; je savais, et l'avais moi-même instruit de cette décision prochaine, et pourtant je ne m'étais point arrêté à la possibilité de mon départ. Cette lettre m'apprit le malheur qui me menaçait, et j'allai déplorer près de Laure pour la première fois le chagrin d'être un jour séparé d'elle. Au lieu de paraître sensible à cette nouvelle, quel fut mon désespoir de la voir sourire doucement !

—Nous nous reverrons, me dit-elle.

Je devins furieux, j'étais piqué de sa tranquillité, elle blessait mon cœur prêt à s'épancher. Il me vint à l'idée qu'elle connaissait le véritable sujet de ma douleur, et que, loin de la partager, elle s'en faisait un jeu ; aussitôt j'usai du conseil que m'avait donné Ferdinand comme un moyen de vengeance, et j'eus la barbarie de faire entendre à Laure que si je regrettais son amitié, il me restait encore d'autres liens à briser en quittant Paris, et j'ajoutai qu'elle me plaindrait davantage si elle avait su les peines qu'allait me causer un amour long-temps heureux.

Mon air était ferme en prononçant ces mots, et mes regards, qui semblaient à dessein exprimer l'existence d'une personne absente, trompèrent Laure ; je la vis aussitôt pâlir, chanceler ; des larmes qu'elle cherchait à retenir mouillaient ses paupières.

—Sans doute vous êtes à plaindre, me dit-elle avec douceur, et elle voulut se retirer. Ah ! ce moment si désiré fut le plus beau de ma vie; je tombai aux pieds de celle que je venais d'affliger par excès d'amour. Elle apprit mes sentimens, mes espérances, et jusqu'à mes torts; oui, j'avouai tout. J'aimais Laure avec passion et en jurant de l'adorer toujours, je faisais abnégation de moi-même, pour ne plus recevoir que ses lois: elle prononça mon pardon, et, je pus le croire alors, l'amour le dicta. Avec quelle joie j'appris de la bouche même de Laure le projet qu'avaient fait nos parens de nous unir, et que sa sécurité venait de cette confiance! On nous avait mis à même de nous connaître tous deux, et nous ne devions point craindre d'être perdus l'un pour l'autre. De si douces assurances pénétrèrent mon âme d'une ivresse que je pouvais à peine supporter, et mes transports apprirent à Laure qu'en elle était mon bonheur et ma vie.

J'attendis avec une impatience indicible l'issue d'une affaire qui devait déterminer mon père à faire pour moi la demande tant désirée de la main de Laure. Elle m'avait confié ses projets divers, en m'en recommandant le secret; et le don de son cœur me rendait si heureux, que je promettais de me soumettre à tout ce qu'on exigerait de moi; car il était question de m'acheter une charge en province, et d'en aller prendre possession avant mon mariage avec Laure.

Que de vœux je formai alors pour le gain d'un procès auquel j'avais mis la négligence qu'excusait peut-être mon âge ! Je n'avais songé qu'à mon amour ; maintenant une fortune mise aux pieds de mon amante me paraissait digne d'envie, et je ne rêvais plus que jouissance, bonheur.... Je me croyais, hélas ! le plus fortuné des mortels ! j'avais oublié, pour ainsi dire, l'inconséquence de ma conduite antérieure. Depuis que je m'en étais lavé par un aveu sincère, la bonté de Laure, qui était aussi une sœur, une amie pour moi, m'avait absous, et je croyais n'avoir plus rien à redouter.

Bien des jours se passèrent dans cette situation ravissante, et, confiant lorsque j'étais malheureux, je ne le fus pas moins quand j'eus à me louer de mon sort ; seulement je me soumis aux recommandations de Laure et ne parlai à mon ami que de l'heureuse certitude que j'avais acquise de voir mon amour partagé. Ferdinand me félicita ; mais, quelques jours après, je ne fus pas peu surpris de le rencontrer sortant du cabinet de M. de Saint-Elme. Il m'avait dit que ses relations avec lui avaient cessé depuis long-temps, et dans cette circonstance, lorsque je le questionnai, il prétexta une affaire importante, qui l'éloigna d'entrer en explication avec moi.

Cependant j'avais, avec l'abandon de la jeunesse, cette parfaite confiance qui porte à juger des autres par son cœur : il ne me vint pas même à l'esprit que Ferdinand eût pu me desservir.

Oh ! qu'il fut affreux le jour où

mes yeux s'ouvrirent ; où je perdis à-la-fois les illusions de l'amitié, l'estime qui m'eût été si précieuse, celle du père de Laure! où je vis s'écrouler mes espérances! Elle! elle seule me resta...... Mais, hélas! ce fut pour la voir unie à moi par le malheur. . . . .

. . . .

L'infâme Ferdinand avait aimé Laure autrefois ; il l'aimait toujours et s'était maîtrisé au point de cacher ses sentimens jusqu'à ce qu'une heureuse révolution dans sa fortune vînt l'encourager dans ses prétentions. Cette circonstance arriva. Il venait d'hériter de son père et d'obtenir une place honorable. Mes confidences, la jalousie peut-être, avaient réveillé son amour ; il voulut le satisfaire et me perdre : je lui en avais donné les moyens..... il réussit.

Une lettre que j'avais écrite dans les premiers temps de mon séjour à Paris, était tombée dans ses mains; elle contenait le plan honteux que j'avais formé, et livrait la personne de Laure aux réflexions et aux sarcasmes de mes perfides amis; j'y parlais d'elle avec légèreté, de moi-même avec présomption, et une imprudence que je ne puis qualifier m'avait mis à la discrétion de ceux-mêmes qui m'avaient entraîné.

Cette preuve terrible de mes indignes sentimens fut remise à M. de Saint-Elme, lorsque, sans égard pour l'état de ma fortune, et sans attendre la fin du procès qui faisait naître mes inquiétudes, il allait engager sa parole à mon père et assurer ma félicité en me donnant sa fille. Tant de générosité de sa part, une amitié si parfaite, se tourna tout à coup en horreur, en haine. Il vit un traître dans l'homme qui ne lui montrait que dévouement, qu'obéissance. Il crut, avec quelque raison, hélas ! que celui qui ménageait si peu la réputation de sa fille unique, ne la méritait pas; que le déshonneur, l'oubli des devoirs les plus saints, suivraient une union trop hasardée. Ce vieillard, irrité déjà contre le destin, qui l'avait traité rigoureusement, ne voulut plus voir en moi qu'un vil séducteur. Il était vertueux, mais sévère; plus il s'était montré bienveillant, sensible, empressé pour le fils de son ancien ami, moins il lui fut possible d'excuser l'abus qu'il avait osé faire de tant de bontés. Il n'exista plus de pardon pour moi ; tout engagement fut rompu avec ma famille, sans explication. Je fus éloigné de cette maison où j'avais été accueilli, de cette maison où j'avais respiré l'amour, où je laissais un être à jamais chéri, idolâtré...

Ce fut encore Laure qui m'apprit mon malheur : toujours indulgente et tendre, sûre d'ailleurs de ma sincérité, elle avait tout mis en usage pour désarmer son père ; il était resté inflexible. — Il m'a abusé, lui répétait-il ; il te trompait, je réchauffais un serpent dans mon sein........ Ah ! jamais un tel homme ne sera mon fils.

J'essayai pourtant de me justifier ; j'écrivis, car je n'osais plus me montrer à M. de Saint-Elme. Il ne reçut pas même mes lettres; désolé, furieux contre moi-même, abjurant avec désespoir l'erreur fatale qui m'avait perdu, j'errais sous les murs qui renfermaient ma Laure; mes sanglots au milieu des nuits arrivaient jusqu'à elle. Ah! combien je regrettais amèrement le trésor dont mes fautes me privaient! combien j'en connus le prix inestimable lorsqu'il me fut ravi!

Il me fallait du sang pour l'outrage qui m'était fait. J'allai trouver l'infâme Ferdinand; il me comprit: nous nous mesurâmes, et je fus blessé grièvement. Un sort injuste s'attachait à mes pas; il me réservait des coups mille fois plus affreux, et mes douleurs et mon repentir n'avaient point encore assez vengé Laure. . . . .

. . . .

Ici le récit d'Edmond était interrompu; il paraissait avoir été repris plus récemment.

Privé de sentiment et presque d'existence, soigné par des mercenaires, je demeurai long-temps dans une situation désespérée; que n'ai-je, grand Dieu! perdu la vie des mains de mon indigne rival! Cette mort, tout odieuse qu'elle eût été, est maintenant l'objet de mes regrets.... Laure, ma bien-aimée Laure, n'aurait point été enveloppée dans mon infortune. Elle fut au comble! le procès dont le succès était si intéressant pour ma famille, fut jugé en faveur de la partie adverse. J'appris cette fâcheuse nouvelle à l'instant de ma convalescence. Mon père, désolé, inquiet sur moi, ignorant mon accident, me rappelait avec instance; ses ordres pour mon retour étaient formels, je n'avais aucune raison apparente de les éluder. Il attribuait à ce revers de fortune le changement de M. de Saint-Elme relativement à l'alliance projetée; du moins je le conçus ainsi, malgré qu'il ne s'en expliquât point ouvertement. Rien ne pouvait ajouter à l'horreur de ma position, que de voir celle que j'adorais dans les bras de mon ennemi..... et j'appris que telle était la volonté de son père.

Cet homme abhorré, ce rival odieux, avait captivé son estime; il lui faisait valoir sans doute le service qu'il lui avait rendu, en l'empêchant de former une alliance avec moi. Il fut encore lui montrer sous un jour favorable ses principes et ses sentimens; après avoir trahi l'amitié, que lui coûtait-il d'abuser un honnête homme? Nourrissant sa prévention, flattant habilement ses goûts et surtout ses idées, il fixa sur lui le choix de M. de Saint-Elme. Ce père imprudent quoique tendre, croyait pouvoir commander aux affections de sa fille. Il souffrait des larmes qu'elle laissait couler devant lui, et exigeait qu'elle les réprimât: il voulait son bonheur, et pourtant il avait ordonné qu'elle acceptât le perfide Ferdinand pour son époux.

Pour la première fois, Laure sentit

de la barbarie dans l'autorité paternelle, à laquelle jusqu'à ce jour elle s'était soumise aveuglément. Elle fit entendre ses prières, ses supplications ; elle opposa une résistance courageuse, mais en vain. M. de Saint-Elme croyait la guérir de sa tendresse pour moi en l'obligeant à porter ailleurs son cœur, en lui traçant des devoirs auxquels elle ne pourrait se soustraire ; il redoutait peut-être que le pauvre Edmond ne parvînt à se faire entendre, qu'il n'obtînt sa grâce ! et son orgueil s'en offensait. Tout lui paraissait sortable dans ses nouveaux projets : il fallut y souscrire.

Mon père ! s'écriait Laure, vous voulez ma mort...... Je ne puis plus vous résister..... mais à l'autel même cet hymen ne s'accomplira pas.......

Je vous aurai obéi; mais, je le sens, j'en mourrai......

Ah! je n'avais jamais connu ce sentiment intime, exalté, que me portait la douce et tendre Laure: sa réserve ne m'avait pas permis de juger de tout mon bonheur; elle avait une de ces âmes qui aiment dans le silence, pour qui tout est profond, éternel!...... Ses vœux étaient légitimés par l'aveu d'un père; ils s'étaient nourris, ils avaient pris racine dans cette âme aimante qui ne savait point changer...... Dévouée, ardente par caractère, Laure s'irritait par les obstacles, comme elle savait les braver pour satisfaire ceux qu'elle chérissait: elle avait vingt ans, et tout avait acquis en elle sa perfection; aussi il y avait dans son cœur des impressions ineffaçables et des déterminations qui ne pouvaient se révoquer..... Elle ignorait ce que j'étais devenu, mais elle savait que le traître Ferdinand avait rompu nos nœuds, qu'il avait trempé ses mains dans mon sang, et Laure avait juré devant Dieu de ne jamais lui appartenir!

Cependant on pressait les préparatifs de son mariage; et elle, comme une victime prête à être offerte en sacrifice, pleurait sur les fleurs que l'on préparait pour sa couronne nuptiale..... Les plus sombres idées agitaient son âme, car Laure ne voulait faire aucune démarche qui pût attirer sur elle le courroux de son père et le blâme du monde, aucune de ces actions, enfin, qui ne se réparent qu'aux dépens de la réputation, et dont on porte la punition le reste de sa vie!... Quelque chose de sinistre s'élevait dans son sein, et Laure ne vit plus de refuge pour elle que dans la mort.

La veille du jour marqué par son père pour l'odieuse cérémonie, elle renouvela encore ses supplications, et aux genoux de M. de Saint-Elme elle lui demanda de demeurer près de lui, d'y passer le reste de ses jours, d'en prendre l'engagement solennel!....

— J'ai donné ma parole, et jamais je ne l'ai fait, que je ne crusse mon honneur engagé, répondit ce père inflexible; demain vous serez à l'abri des séductions d'un misérable qui n'a porté que le désordre et le deshonneur dans ma maison.... demain, ma fille, cet affront qui nous touche tous deux sera réparé!

Laure ne répliqua plus, elle vit son sort tracé; une main flamboyante semblait avoir écrit dans le livre du destin, ces mots : *Demain Laure ne sera plus!*

Elle rentra chez elle avec une apparence de soumission; et là, égarée, en proie aux déchiremens d'un cœur combattu, elle passa quelques heures à sanglotter, en priant le ciel de recevoir son sacrifice et de lui pardonner sa faute. Le jour commençait à baisser, Laure se vêtit avec soin; elle mit une robe blanche, un voile enveloppait sa tête; elle fit demander à son père la permission de sortir pour remplir quelques devoirs de religion ; on y consentit en lui envoyant une gouvernante qui avait l'ordre de ne point la quitter, et Laure abandonna ainsi la maison paternelle, résolue à n'y rentrer jamais.

Revenu à peine de l'état de faiblesse où m'avait mis la blessure que j'avais reçue, livré au cruel désespoir qui retardait encore ma guérison, j'appris la nouvelle accablante de ce mariage ; et ce que j'éprouvai fut inexprimable. Laure épouse de l'indigne Ferdinand ! elle dont je possédais et le cœur et la foi ; elle qui n'avait point douté de mon âme, et qui l'avait enivrée d'amour ! Ah ! cette idée me rendit des forces, je voulus la revoir encore, l'entendre, recevoir mon arrêt de sa bouche, lui obéir, si elle m'ordonnait de respecter l'homme qui l'enlevait à moi, ou donner à mon rival le reste de mon sang en lui disputant celle qui aurait daigné me confier son bonheur.

Un destin plus fort que tous les projets humains avait mis ce désir dans mon cœur à l'instant où l'infortunée Laure luttait elle-même contre sa douloureuse situation. La nuit qui allait protéger son désespoir, me donnait aussi quelque espérance de m'approcher d'elle sans être reconnu, et, d'ailleurs, je l'avoue, dans ce moment critique, le dernier où je croyais trouver Laure libre encore! j'étais décidé à tout braver pour la revoir, quand son père lui-même eût dû me percer le cœur.

Je m'avançais donc vers sa demeure, plein d'une audace qu'un amour désespéré avait pu seul m'inspirer; j'arrive : que vois-je? Laure, Laure elle-même, sortant à pas lents de cette maison où je la vis tant de fois! mais parée comme dans un jour de fête..... Une femme l'accompagnait, mais rien ne m'arrête, je l'entoure de mes bras, je la presse sur mon sein déchiré; ma blessure se rouvre, le sang qui en coule inonde les vêtemens blancs de la fiancée de..... Ah! je n'ose tracer ce nom........ Je ne vois rien, rien que Laure. Je n'entends que ses gémissemens....... — Je suis perdue! me dit-elle. Ces mots me rappellent à moi-même; je vois enfin que nous attirions l'attention des passans. Laure n'apercevant plus la personne qui la suivait, juge que, me reconnaissant, elle est allée avertir son père; nous croyons entendre sa voix menaçante, nous fuyons : je l'emmène au hasard, et enveloppant Laure d'un long schall posé sur ses épaules, j'entre avec elle dans le premier hôtel qui frappe mes regards.

. . . .

Asile d'amour! je te salue; c'est ici, oui, c'est ici que vont finir nos maux! Laure a fait passer son désir dans mon cœur....... Elle est perdue, dit-elle; nous le serons ensemble! Félicité suprême, je vous ai connue! Volupté! plaisir! bonheur! vous m'avez été donnés! Un instant j'ai goûté ce ravissement accordé aux mortels dans leur exil; les bras d'une amante adorée m'ont pressé avec le frémissement de l'amour. Ses lèvres ont attiré mon âme ; que ne s'est-elle ainsi exhalée avec la sienne ! O Laure ! faut-il donc un effort de plus pour quitter la terre d'où le malheur nous repousse?...... Eh bien ! cet effort est résolu ; tu le veux, et ton amant, celui qui troubla ta vie, ne te survivra pas...... Nous mourrons ensemble... Eh ! que regretterions-nous?

Goûte encore une fois la paix du sommeil ; dors, ma douce amie. Épuisée de larmes, peut-être de tendresse, tes yeux se sont appesantis, et moi ! je veille, je retrace mes fautes, nos infortunes, j'appelle mes souvenirs, je redis mon amour, oui, j'en laisserai le monument terrible!...

Demain, à l'heure où Laure devait prononcer le serment fatal qui nous séparait à jamais,. Laure et Edmond seront unis pour l'éternité ! ils auront échappé à l'opinion du monde, à la misère...... à l'outrage. L'infortunée qui a le courage de mourir, n'entendra pas la malédiction d'un père..... Tous deux nous réfugiant dans le sein d'un Dieu clément, nous ne craindrons plus les orages qui s'annoncent ici au milieu des beaux jours...... Le ciel recevra deux époux malheureux, le tombeau sera leur couche nuptiale, demain on les cherchera sur la terre...... On offrira un cercueil à leurs dépouilles mortelles....... Mais ils y seront ensemble, et dans la nature on célébrera nos funérailles; quelques voix s'éleveront et diront : Ils ne pouvaient vivre l'un pour l'autre, ils ont renoncé à l'existence!.....

O nuit! nuit protectrice, arrête-toi dans ton cours, que je puisse encore compter la respiration de Laure; qu'à la clarté de ce flambeau bientôt funèbre je contemple ces traits adorés....... Soleil, quand tu paraîtras à mes yeux pour la dernière fois, ce sera pour nous le signal d'une autre vie..... Quoi! ma Laure, tes lèvres se glaceront..... ton cœur....... Ah! écartons cette idée déchirante; que ne puis-je mourir deux fois et t'épargner ce terrible passage.....

Adieu, ô vous qui deviez me précéder dans la tombe, je vais vous attendre.... Adieu cruels amis! vous pleurerez, hélas! vos funestes jeux! Et toi qui fus notre bourreau, souffre,

Laure est à moi!... elle m'appelle....
et nous ne nous quitterons plus. . .

. . . .

. . . .

La mort des deux infortunés avait suivi cet écrit touchant, ils avaient eux-mêmes préparé les matières qui devaient les asphyxier, et leurs cruelles précautions n'avaient que trop servi leur dessein.... Ils paraissaient avoir peu souffert, car leur attitude n'annonçait pas qu'ils eussent lutté longtemps avec la mort qu'ils désiraient.

Edmond avait le sein comprimé avec un lambeau du schall de Laure, il semblait qu'il eût craint d'expirer avant elle, en laissant sa blessure ouverte; il ne portait sur lui que quelques papiers indifférens. Laure était enveloppée dans ses vêtemens blancs; ses cheveux étaient épars, son voile se trouvait déchiré seulement en plusieurs endroits, et ses ongles étaient fortement empreints dans le col d'Edmond.

C'est ainsi qu'ils avaient été trouvés par l'hôtesse, inquiète de l'odeur et de la fumée qui sortaient de la chambre où s'étaient renfermés depuis la veille les deux étrangers.

Lydie avait trouvé le moyen de retourner dans l'appartement funèbre; elle y entra avec plus d'émotion encore que la première fois, car alors elle connaissait leurs souffrances et l'exaltation qui avait porté deux amans à attenter à leurs jours. Elle ne possédait que trop une de ces âmes auxquelles le malheureux Edmond recommandait sa mémoire. Le but de Lydie, dans cette démarche, était de replacer le précieux manuscrit à l'endroit où elle l'avait trouvé; mais elle aperçut au pied du lit mortuaire un vieillard à genoux qu'elle reconnut pour être un ecclésiastique, quoiqu'il fût en habit séculier, comme c'était alors en usage.

Le calme qui régnait sur son front et la ferveur de sa prière lui apprirent les vertus de cet homme miséricordieux; elle pria quelques instans près de lui pour ceux qu'un repentir avait portés sans doute dans le sein de la Justice divine; ensuite elle s'assura du caractère du respectable vieillard, et lui confessant ce qu'elle avait fait et le désir qu'elle avait que les dernières pensées d'Edmond tombassent dans des mains sûres et dans des cœurs indulgens, elle lui remit l'écrit qu'elle avait dérobé aux hommes de loi, et lui recommanda de le garder jusqu'à ce qu'on eût découvert la famille de ces infortunés jeunes gens. Le charitable prêtre le promit, et Lydie, satisfaite de cette circonstance, mais le cœur pénétré de tristesse, jeta un dernier regard sur Edmond et Laure..... Ah! dit-elle, ils étaient bons! ils méritent des larmes! —Les siennes coulèrent sur la main inanimée de Laure, puis elle se retira.

CHAPITRE XVII.

Lydie avait été forcée d'interrompre souvent la lecture déchirante des mémoires d'Edmond; son cœur s'était révolté à mesure qu'elle le voyait courir à sa perte à force de travers et d'erreurs; elle sentait avec un frémissement secret qu'il est des êtres pour qui tout est grave, irréparable, pour qui enfin un sentiment violent est presque un arrêt de mort. Elle s'effrayait aussi de l'exaltation de Laure. Sa pitié se portait alternativement sur les deux amans, et le caractère de leur amour, si bien retracé par le malheureux Edmond, amena dans son âme des sensations nouvelles, qui rendirent Lydie quelques momens pensive et mélancolique; mais comme pour elle sentir et exprimer n'était qu'un, elle rompit enfin ce silence :

Voulez-vous savoir, Astolfe, ce qui m'occupe? lui dit-elle; jusqu'alors j'avais osé me croire sensible, dévouée; je pensais avoir aimé autant qu'il est donné à un être d'en chérir un autre... pourtant mon époux n'est plus, et j'existe! Jamais je n'ai senti dans mon sein ces mortelles agitations, ces angoisses d'amour décrites par Edmond et qui décidèrent de leur sort. Je regrette, je pleure celui qui reçut ma foi ; vous le savez, Astolfe, s'il me fut cher ! cependant j'ai pu lui survivre.... N'y aurait-il point eu de froideur dans ma résignation ? n'aurais-je donc point été une amante, une épouse tendre ?

Lydie s'arrêta en finissant ces mots, comme frappée de cette réflexion....

Ne vous accusez-pas, lui répondit vivement Astolfe, votre tendresse honore la mémoire de votre époux, comme elle a fait son bonheur ; elle fut entière, exclusive ! Mais, ô Lydye, continua-t-il, vous ignorez ce sentiment qui vient de réunir Edmond et Laure dans la même tombe ; cette passion d'amour qui naît dans la douleur et s'accroît par elle, dont l'exaltation enfante le désespoir ou la félicité suprême ; cette impression terrible, qui transporte, embrase jusqu'au délire et fait préférer l'anéantissement au supplice de vivre séparé de ce qu'on aime. Oui, cet amour enfin a dû vous être inconnu. Les circonstances font les passions ; elles en déterminent la force et l'excès. Un cœur ardent, pénétré, peut communiquer ce qu'il éprouve, de même s'inspire une émotion qui n'est que douce et tendre, et Lydie aima..... comme elle fut aimée.....

— C'en est assez, reprit la créole avec dignité ; puis elle continua plus doucement : Je vous crois, Astolfe, du moins j'étais heureuse sans illusion, sans égarement..... Ah ! loin de moi le repentir ou le regret ! je sens maintenant, oui, je sens que je n'ai pu donner à l'époux de mon choix que ce que le ciel avait mis de tendresse dans mon cœur...... Tout le monde ne peut aimer comme Laure. Le ciel, dans le partage de ses dons, prodigua ou retint cette faculté émanée de la Divinité même, et le sentiment le plus légitime, le plus parfait, peut consumer, ou quelquefois animer seulement : aidée par vous... je me rends raison de ces différences, et vos réflexions me rassurent en m'éclairant..... Mais..... vous? Astolfe, comment pouvez-vous savoir tant de choses?.....

— Il en est, répliqua l'infortuné, que l'amour seul révèle ! N'en doutez pas cependant, la douleur aussi a sa puissance magique : elle n'a déjà que trop instruit mon cœur ! ces secrets m'appartiennent.... Il ne put en dire davantage ; et pourtant sa pensée était loin d'être rendue : elle s'acheva dans le secret de son cœur.

Lydie, étonnée, émue, le fixa et ne put s'empêcher de soupirer, en surprenant l'air douloureux qui venait de passer dans les traits du pauvre mulâtre. Toutefois, par un instinct subit, elle cessa tout à coup ses questions, et il régna entre eux un long silence.

Pourquoi le taire ? Un trait ardent et lumineux venait de pénétrer l'âme de Lydie ; elle n'osait plus qu'à peine se rappeler le ton véhément du jeune Astolfe, le feu de ses regards, lorsqu'il lui dépeignait une impression qu'il savait lui être étrangère..... Quelque chose de pénible s'éleva dans son esprit ; elle craignit alors d'avoir à blâmer celui qu'elle estimait, et pour la première fois sa présence lui causa quelque embarras.

Lydie se leva, triste, inquiète; elle éprouvait le besoin de la solitude, et quitta la salle commune où tous deux se réunissaient d'habitude, pour rentrer dans son appartement. Là, elle réfléchit long-temps sur le tort dont elle soupçonnait Astolfe coupable; le mot d'*infortuné* sortit de sa bouche. Lydie n'avait-elle donc trouvé pour lui que de la pitié dans son cœur?..... Au milieu de ces pensées, elle ne pouvait en éloigner une plus forte, plus lugubre que les autres, qui obsédait son imagination et semblait lui dire que la destinée de cet homme malheureux entraînerait la sienne, et que le bonheur ne renaîtrait jamais pour elle.

Ah! Lydie n'était pas de ces femmes légèrement cruelles qui jouissent des douleurs qu'elles causent, et rient d'un amour, même qui les blesse. Elle sentait toute l'amertume des larmes qu'on fait répandre; elle ne doutait plus que cette longue et douce familiarité qui lui avait apporté des consolations si réelles, n'eût causé le mal d'Astolfe. En devinant de quel poison son âme se nourrissait, elle éprouva le désir de le consoler, de le guérir. Moins offensée que chagrine, elle le plaignit, et toute entière à l'illusion qu'elle venait d'embrasser, Lydie sentit moins le danger de sa position. D'ailleurs, elle se promit, à cet égard, de prendre les conseils d'une amie prudente et sage, et de régler sa conduite sur les mêmes conseils qu'allait solliciter son inexpérience. En attendant, elle se réfugia dans l'innocence de son cœur, appela le ciel comme témoin de ses pensées, de ses actions; et plus tranquille alors, elle s'endormit d'un sommeil paisible.

Le lendemain de ce jour orageux, elle songeait à échapper à un tête-à-tête embarrassant pour son extrême timidité, et elle comptait aller passer la journée chez madame de Valmire, loin d'Astolfe, quand elle reçut une invitation pressante de la part de madame d'Outreville, qui, dans ce même billet, lui promettait la vue d'une personne bien chère qu'elle ne nommait pas. Lydie crut qu'elle voulait parler de M. d'Elmance, bien qu'elle ne pût concevoir comment il avait pu arriver si tôt, et encore moins qu'il fût descendu d'abord chez la baronne.

Comme on croit aisément ce que l'on désire, elle s'en fut, le cœur rempli d'espoir, et, suivie de son enfant qui ne la quittait jamais, elle se rendit chez madame d'Outreville. Astolfe n'était point à l'hôtel lorsqu'elle sortit. Lydie s'en trouva soulagée : elle le redoutait un peu depuis qu'elle avait cru lire dans son âme, et cette circonstance la portait surtout à souhaiter plus vivement encore l'arrivée d'Albert.

Quelle surprise cependant n'éprouva-t-elle point, lorsqu'au lieu de l'excellent époux de sa sœur, Lydie trouva, dans le salon de madame d'Outreville, le grave et austère Aurélio, cet oncle si révéré dont elle avait été séparée par un de ces malheurs qui sont hors de toute prévoyance humaine! La joie, l'étonnement, une émotion qui venait des souvenirs que cette vue lui rappelait, ôtèrent le sentiment et la connaissance à Lydie. Son excessive sensibilité causa quelque repentir à ceux qui n'avaient pas jugé à propos de la prévenir et de la ménager. Enfin, ces mots, faiblement articulés, annoncèrent que Lydie était revenue à la vie.

— Quoi! c'est vous! mon cher oncle, dit-elle, vous ici! par quel bonheur inespéré!

Don Gonzalès rassuré sur sa nièce, entra en explication sur son départ des îles et sur son arrivée en France;

il lui dit comment il avait suivi le destin des réfugiés américains avec lesquels il avait quitté Saint-Domingue, et s'était rendu avec eux à Paris; que de là, ayant repris ses relations avec la cour de Lisbonne, il avait reçu du gouvernement une mission secrète qui l'obligeait à profiter de son séjour en France et à y rester quelque temps; qu'en conséquence il se trouvait obligé de ténir un état de maison peu conforme à ses goûts, mais nécessaire dans la circonstance où il se trouvait.

— J'étais inquiet de vous, ma chère nièce, ajouta-t-il, je craignais que le malheur ne vous eût suivie dans votre fuite. J'étais dans cette cruelle incertitude, lorsqu'Henrico m'assura vous avoir aperçue dans ce pays; c'est alors que je louai la Providence d'un hasard si inespéré ; et certain que vous vous seriez retirée dans la famille de votre mari, je parvins jusqu'à madame la baronne d'Outreville, qui me promit votre présence aujourd'hui même ; jugez, ma chère nièce, si je dois être heureux d'une réunion dans laquelle le ciel semble avoir manifesté sa volonté !....

Après avoir écouté son oncle avec respect, et témoigné son ravissement d'une rencontre si peu attendue, Lydie s'excusa de ne s'être point logée chez la baronne, dans la crainte de la gêner ; elle parla du plan qu'elle avait formé pour l'avenir, et du désir qu'elle avait maintenant qu'il y donnât son approbation.

Le prudent Gonzalès répondit à

cette ouverture, que ce sujet méritait plus de réflexion, et remit à un autre temps pour en discuter les points importans. Néanmoins il fit pressentir à Lydie, qu'après l'arrivée de M. d'Elmance il serait question d'une assemblée de famille où l'on nommerait un tuteur à son fils, et où l'on s'occuperait de ses propres intérêts, étrangement compromis par les derniers événemens. Il témoigna à sa nièce une considération particulière, et se servit à son égard des expressions les plus amicales, en l'assurant que désormais le soin de son bonheur et de sa fortune le regardait; qu'il avait à cœur de lui rendre l'état qu'elle devait tenir dans le monde, et d'être un des plus zélés protecteurs de son fils. Il répondit au vœu de

Lydie, qui l'engagea à tenir cet enfant sur les fonts de baptême, et en remit la cérémonie à quelques jours, en lui promettant de ne jamais oublier qu'il était le père adoptif de son Amédée.

Ce discours charma Lydie, elle y répondit par des paroles de reconnaissance : toutefois elle commença à s'alarmer, lorsque cet oncle si imposant eut prononcé qu'elle ne devait plus retourner dans un hôtel public peu séant pour une jeune femme seule ; il lui offrit un appartement chez lui, de manière à n'être point refusé, l'engageant à envoyer chercher les objets qui pouvaient lui être nécessaires, et chargeant lui-même son fidèle agent de prendre les ordres de sa nièce et de régler tous les comptes qui pouvaient la concerner ; il ne dit pas un mot d'Astolfe, et Lydie, malgré son embarras et la peine que tout ceci lui causait, eut le courage d'élever la voix pour dire hautement qu'elle avait près d'elle une personne envers qui elle avait contracté des obligations sacrées ; que sans elle, sûrement la misère et la mort eussent été son partage, et qu'elle ne pouvait ainsi payer par l'ingratitude et l'oubli des services si désintéressés.

Don Aurélio prévenu par madame d'Outreville, et mieux encore par le perfide Henrico, ne fut point surpris de cette circonstance ; il loua Lydie sur sa manière de penser à cet égard, parut disposé à la partager ; cependant il lui fit entrevoir qu'à aucun titre elle ne pouvait garder près d'elle l'ancien protégé de M. de Saint-Yves; que la décence s'y opposait, et que son devoir était non-seulement de l'éloigner, mais encore de cesser des relations trop long-temps prolongées. La jeune créole sentit dans ce moment que son oncle avait quelque raison d'en juger ainsi. Néanmoins, à sa prière, Gonzalès promit solennellement que son premier bienfait serait d'acquitter la dette de Lydie et de payer ensuite celle de la reconnaissance en accordant des marques d'estime et de protection à celui dont elle louait la conduite et les sentimens.

Peu contente encore malgré cette assurance, Lydie voulut adoucir pour Astolfe l'instant d'une séparation si brusque et si cruelle. Quelques jours avant, peut-être, ne s'y fût-elle pas soumise sans condition; elle eût voulu revoir Astolfe..... Alors elle ne voyait entre eux qu'une relation simple; aujourd'hui elle se trouvait moins ferme, moins hardie, elle croyait même voir dans l'avis de son oncle une règle de conduite qui ne pouvait être innocemment violée.

Timorée par caractère, et confiante en cet homme vertueux à ses yeux, elle sentit bien son cœur repousser tant de sévérité, mais elle obéit sans autre résistance.

Henrico fut chargé de terminer quelques affaires pécuniaires au nom de madame de Saint-Yves. Irma l'accompagna pour réunir les effets appartenant à sa maîtresse, et ce fut elle qui eut l'ordre de remettre un billet à Astolfe. Ce billet, il faut l'avouer, ne fut pas tracé sans quelques larmes, et l'amitié pénétra plus vivement l'âme de Lydie lorsqu'il fallut en rompre tout à coup les doux rapports. Voici comment il était conçu :

« Il faut renoncer encore une fois » aux doux projets que notre inex» périence nous faisait trouver faciles » et convenables; Irma vous dira, » mon cher et véritable ami, quel » événement vient tout à coup d'in» fluencer mes résolutions, et peut» être, hélas ! changer le cours de ma » vie. Je ne sais ce qui se passe au» dedans de moi; mais tout me dit » que désormais elle ne sera plus » qu'un long sacrifice. Déjà on m'en

» impose un..... bien pénible!... On
» m'enlève à vos soins, Astolfe, à
» votre attachement; et moi je laisse
» seul l'ami de mes bons et mauvais
» jours! celui qui vit mon bonheur
» et partagea mon adversité! je le
» laisse malheureux........ Mais vous
» resterez dans le cœur reconnaissant
» de Lydie, bon Astolfe; lorsqu'un
» jour nous nous reverrons, dites-
» moi que cette idée vous a consolé
» quelquefois, instruisez-moi de votre
» sort; je le désire, je l'exige..... Pen-
» sez à votre bonheur si vous voulez
» que je compte une peine de moins.

» Irma vous remettra un portrait
» que l'amitié reconnaissante vous
» destine depuis quelque temps; il
» vous rappellera Lydie heureuse;
» car j'y suis dans mes vêtemens amé-

» ricains, et ce souvenir vous parlera
» encore de mon époux, de celui qui
» vous aimait aussi !..... J'y joins une
» boucle des cheveux blonds de mon
» petit Amédée, que je coupe en ce
» moment sur sa jolie tête; vous fû-
» tes son premier ami, faites qu'il le
» retrouve après le temps d'une sé-
» paration nécessaire. Adieu, As-
» tolfe, la nécessité, le devoir par-
» lent; il faut se soumettre...... mais
» l'éternel souvenir de Lydie vous
» reste !..... »

FIN DU TOME SECOND.

Imprimerie de GUEFFIER, rue Guénégaud.

www.ingramcontent.com/pod-product-compliance
Lightning Source LLC
Chambersburg PA
CBHW061440030726
47503CB00005B/1496

* 9 7 8 2 0 1 9 1 9 9 7 2 2 *